AF388039

Evelyn Boyd schreibt Jugendbücher, Kriminalromane, Romantasy und Hörspielskripte. Sie lebt mit ihrem Kater Othello im hohen Norden an der Küste und holt sich ihre Inspiration gerne durch lange Spaziergänge am Meer.

EVELYN BOYD

DEMONS OF LONDON

GEKÜSST VON EINEM DÄMON

Überarbeitete Neuausgabe November 2021

© 2021 dp Verlag, ein Imprint der dp DIGITAL PUBLISHERS
GmbH

Made in Stuttgart with ♥
Alle Rechte vorbehalten

GEKÜSST VON EINEM DÄMON

ISBN 978-3-98637-308-5
E-Book-ISBN 978-3-98637-303-0

Copyright © 2019, dp Verlag, ein Imprint der dp DIGITAL PUBLIS-
HERS GmbH
Dies ist eine überarbeitete Neuausgabe des bereits 2019 bei dp Ver-
lag, ein Imprint der dp DIGITAL PUBLISHERS GmbH erschienenen
Titels Jeremy & Keira (ISBN: 978-3-96087-343-3).

Covergestaltung: Jasmin Kreilmann
Umschlaggestaltung: ARTC.ore Design
Unter Verwendung von Abbildungen von
depositphotos.com: © danilkorolev, © boggy22
shutterstock.com: © Stephen Finn
freepik.com: © rawpixel.com, © winwin.artlab, © macrovector
Lektorat: Marie Weißdorn

Satz: dp DIGITAL PUBLISHERS GmbH
Druck und Bindung: Books on Demand GmbH, Norderstedt

Das Werk darf – auch teilweise – nur mit
Genehmigung des Verlages wiedergegeben werden.

Sämtliche Personen und Ereignisse dieses Werks sind frei
erfunden. Etwaige Ähnlichkeiten mit real existierenden Personen,
ob lebend oder tot, wären rein zufällig.

Für Melly

PROLOG

„Was meinen Sie, Doktor? Werden Sie dieses Mal endlich erfolgreich sein?", fragte die hochgewachsene Gestalt ungeduldig, kaum dass sie den steril gekachelten Raum betreten hatte.

Der grauhaarige Mann im weißen Kittel wandte sich zu seinem Gast um und gestattete sich für den Bruchteil einer Sekunde eine unangemessene Gefühlsregung: er runzelte die Stirn. Das plötzliche Erscheinen seines Besuchers und dessen despektierliches Auftreten ärgerten den Wissenschaftler. „Nun, wir werden sehen", antwortete er ruhig, als er sich wieder im Griff hatte. „Zum jetzigen Zeitpunkt kann ich unmöglich Einschätzungen über den Verlauf des Experiments geben. Wie Sie sehen, befinden wir uns noch in der Vorbereitungsphase. Allerdings reagiert die Probandin bisher sehr gut auf die gesteigerten Serumgaben."

Der kleine Wissenschaftler deutete auf einen Untersuchungstisch in der Mitte des Labors. Der Besucher folgte der Geste mit dem Blick. Dort lag eine zierliche Frau, die an Händen und Füßen fixiert war. Ihr Gesicht wirkte fahl und eingefallen. Sie hatte die Augen halb geschlossen und ihre Lider flatterten. Ihr Schädel war rasiert und auf der Kopfhaut waren diverse Elektroden angebracht. Der Besucher trat näher heran, sodass er die glitzernden Schweißperlen auf der Stirn der Probandin im hellen Licht der OP-Leuchte funkeln sah. In beiden Armbeugen der Frau waren mit Klebestreifen Verweilkanülen fixiert, die über Schlauchsysteme mit Infusionslösungen verbunden waren. Emotionslos blickte der Besucher auf die Frau hinunter. „Und wann geht der Versuch endlich in die entscheidende Phase, Doktor?"

Der Doktor nahm seelenruhig eine Spritze von einem bereitstehenden Tablett. „Es besteht kein Grund zur Ungeduld. Ich bereite gerade die finale Phase vor. Wenn die Probandin die Dosiserhöhung überlebt, besteht große Hoffnung, dass wir die gesuchten Nukleotide extrahieren können. Wenn Sie wollen, dürfen Sie dem Versuch beiwohnen."

Der Besucher nickte und verfolgte gebannt jede Bewegung des Wissenschaftlers. Dieser steckte mit einem Lächeln die Spritze auf das Einspritzventil der Venenverweilkanüle. „Na, dann wollen wir mal ..."

KAPITEL 1

Die Lagerhalle war stockdunkel und scheinbar men-
schenleer, als sich eine rotgetigerte Katze durch die zerbrochene Fensterscheibe schlich. Sie verweilte nur Sekunden auf der Fensterbank und sprang dann elegant
ins Innere der Halle. Als sie auf dem Betonboden landete, umwehte ein leichter Wind ihren geschmeidigen
Körper. Für einen Moment blieb die Katze unbeweglich
in der leeren Halle stehen. Der Luftwirbel nahm an Hef-
tigkeit zu und als er sich legte, hockte auf dem kalten
Boden eine zierliche, nackte Frau. Sie stand auf und
strich mit einer Hand ihre langen, feuerroten Locken
aus dem Gesicht. Mit katzenartiger Geschmeidigkeit
ging sie durch die Halle, als plötzlich ein Mann aus dem
Schatten eines Betonpfeilers trat.

„Wo bist du gewesen, Keira?"

„Das geht dich überhaupt nichts an, Timor", entgegnete die Rothaarige kühl. Sie steuerte unbeirrt auf eine
Tür am anderen Ende der Halle zu.

„Abgesehen davon, dass du mal wieder zu spät
kommst, geht es mich sehr wohl etwas an! Ich bin der
Clanchef! Vergiss das nicht, Keira."

Die junge Frau lachte ein leises, glockenhelles Lachen.
„Als ob du es mich jemals vergessen lassen würdest.
Und nun geh mir aus dem Weg."

Doch der hochgewachsene Mann gab den Weg nicht frei. „Du willst doch wohl nicht so auf eine Clan-Versammlung gehen?"

„Seit wann stört dich Nacktheit, Timor? Ich kann mich nicht daran erinnern, dass du früher so prüde warst." Keiras Stimme hatte einen neckenden Klang angenommen.

Timor zog zornig die Augenbrauen zusammen. „Ich bin nicht prüde, aber dein Auftritt ist in Anbetracht der Situation völlig unangemessen! Du solltest mehr Respekt zeigen."

„Respekt? Vor dir?" Keira legte fragend den Kopf zur Seite. In ihren Augen blitzte der Schalk.

„Vor deinem Vater, der mich zum Clanchef ernannt hat, und vor Sallys Familie. Sie sind völlig aufgebracht."

Die junge Frau starrte ihr Gegenüber überrascht an. „Sallys Familie? Ist etwas passiert?"

„Sally ist seit zwei Tagen spurlos verschwunden. Nun komm, du wirst bei der Versammlung alles erfahren."

„Zwei Tage?", murmelte Keira ungläubig. Mit einem Schlag war sie ernst geworden. „Das sieht Sally gar nicht ähnlich. Hoffentlich ist nichts Schlimmes passiert."

Timor nickte bedächtig. „Der Clan ist in heller Aufregung. Vor allem, weil Bob erst vor einer Woche verschwunden ist. Dein Vater versucht alle zu beruhigen."

„Dann sollte ich mir vielleicht doch etwas anziehen."

„Ja, das solltest du. Ich habe dir Sachen mitgebracht. Sie liegen dort hinter dem Pfeiler." Timor deutete ans andere Ende der Halle.

„Danke." Keira nickte ernst und ging zügig in die angegebene Richtung.

***

„Das kann doch nicht dein Ernst sein!“, entrüstete sich Frederic. „Du willst einen Vampir in unserer WG aufnehmen? Und dann auch noch einen Franzosen!“

„Ich wusste gar nicht, dass du etwas gegen Franzosen hast.“ Aimée hob eine Augenbraue und griff ungerührt nach einer Scheibe Toast. Sie war die hitzigen Diskussionen ihrer dämonischen Mitbewohner am Frühstückstisch mittlerweile gewohnt.

George goss sich Kaffee nach und grinste. „Hat er eigentlich auch nicht, aber den Franzosen sagt man einiges Geschick beim Umgang mit dem schönen Geschlecht nach und dann auch noch ein Vampir … Die machen die Frauen ja haufenweise schwach. Er hat einfach nur Angst, dass nichts mehr für ihn übrig bleibt.“

Aimée lachte. „Oh, là, là. Da wittert unser lieber Frederic wohl Konkurrenz. Das muss ganz schön hart für einen Incubus sein.“

Frederics Augen funkelten. „Unsinn! Aber ein Vampir! In unserer WG! Das geht nun mal gar nicht.“

„Wieso nicht?“, hakte Aimée nach und strich Orangenmarmelade auf ihren Toast.

„Warum? Das will ich dir sagen, Liebes. Wir sind Dämonen und er ist ein dreckiger, nach Knoblauch stinkender Vampir.“ Der blonde Incubus warf theatralisch die Hände in die Höhe.

„Äh, also ich dachte, Vampire mögen keinen Knoblauch? Das ist doch so, oder?“ Aimée schaute irritiert zu Cyrus, der die Diskussion bisher schweigend verfolgt hatte. Bevor er allerdings auf die Frage antworten konnte, erklärte Frederic schlicht: „Aber er ist Franzose und die essen alle Knoblauch!“

Aimée machte große Augen. „Sag mal, kann es sein, dass du gewisse Vorurteile hast? So hätte ich dich gar nicht eingeschätzt.“

„Ich habe überhaupt keine Vorurteile. Das ist allgemein bekannt.“ Frederic warf ihr einen beleidigten

Blick zu. „So eine Kreatur passt einfach nicht in unsere Dämonen-WG."

„Hast du nicht etwas vergessen, wenn du schon so vehement darauf pochst, dass dies eine *Dämonen*-WG ist? Ich bin ein Mensch." Aimée verschränkte die Arme.

„Das ist doch etwas anderes." Frederic winkte ab. „Du gehörst zu Cyrus und außerdem hast du besondere Fähigkeiten. Vermutlich bist du gar kein richtiges Menschenmädchen, sondern ..." Er suchte nach den passenden Worten. „... sondern auch eine Dämonin. Zumindest ein bisschen."

„Wie kann man denn ein bisschen Dämon sein? Abgesehen davon, dass ich gar keine Dämonin sein möchte. Nichts gegen euch, Jungs, aber ich bin sehr gern ein Mensch."

„Du willst mich einfach nicht verstehen, oder?" Frederic raufte sich die Haare. „Ich habe überhaupt nichts gegen Menschen. Vor allem nicht gegen die weiblichen Menschen. Immerhin sind 95 Prozent meiner Geliebten Menschenfrauen. Aber wir reden hier von einem blutschlürfenden Vampir. Das ist Abschaum!"

„Die Diskussion nimmt meiner Meinung nach eine unschöne Wendung an", mischte sich Cyrus ein. Er legte Aimée einen Arm um die Taille und zog sie liebevoll an sich.

„Du sei mal ganz still, du hast uns doch die Suppe eingebrockt. Von wegen wir haben jetzt ein Zimmer frei und schulden Daniel noch einen Gefallen, weil er uns im Kampf gegen die Engel unterstützt hat", fuhr Frederic nun Cyrus an.

George zündete sich eine seiner geliebten Zigarren an und paffte dicke Rauchschwaden in die Luft. Ihn schien die hitzige Diskussion eher zu amüsieren.

„Nun beruhige dich doch, Frederic. Sollten wir denn einem Freund eine Bitte ausschlagen? Du weißt genau, dass dies gegen alle dämonischen Regeln verstößt", argumentierte Cyrus.

„Ach, komm mir nicht mit dämonischen Regeln! Du willst doch nur die Flasche alten Rotweins, die dieser französische Schürzenjäger mitbringen will", knurrte Frederic. „Außerdem hast du alle Regeln in den Wind geschossen und dich in ein Menschenmädchen verliebt. Nur deinetwegen hat uns der Rat auf dem Kieker!"

Aimée hatte Frederic noch nie so aufgebracht erlebt. Seine sonst so samtene, dunkle Stimme war schneidend. Er hatte Cyrus und sie bisher nicht wegen ihrer Liebe verurteilt. Dass ausgerechnet er dies jetzt tat, zeigte ihr, wie wütend er wirklich war.

„Schluss jetzt!" Cyrus' Stimme war nun auch eine Spur kälter. „Die Sache haben wir so besprochen! Solange Chris auf seiner Selbstfindungsreise in Griechenland ist, bekommt Jean-Claude sein Zimmer."

„Bitte? Er heißt auch noch Jean-Claude? Das wird ja immer besser." Frederic schnaubte.

„Du wirst dich bestimmt an ihn gewöhnen. Daniel sagte, er wäre ein wirklich netter Kerl", versuchte Cyrus ihn zu beruhigen.

„Ja, und wer weiß, vielleicht werdet ihr sogar Freunde", sagte Aimée hoffnungsvoll.

„Glaubt, was ihr wollt. Ich bin auf jeden Fall dagegen." Der Incubus schob geräuschvoll seinen Stuhl zurück und stand auf.

„Und ich bin mir auf jeden Fall sicher, dass es sehr lustig wird." George zwinkerte Aimée zu. Er schien nicht zu spüren, dass die Diskussion sich gerade in einen handfesten Streit verwandelte.

„Euch ist nicht zu helfen! Ihr werdet noch sehen, was ihr davon habt. Wenn der Blutsauger erst mal an Aimées zartem Hals hängt, werdet ihr vielleicht nicht mehr über mich lachen!" Damit drehte sich Frederic um und rauschte aus der Küche.

George kicherte. „Bei allen Dämonen, unser Fredde ist aber heute gar nicht gut drauf.“

Aimée schwieg einen Moment betreten. Dann sah sie Cyrus fragend an. „Ob er sich wirklich Sorgen um mich macht?“

„Ach, Unsinn, Süße“, warf George ein. „Er ist nur um seinen guten Ruf als Womanizer besorgt.“

„Er schien aber wirklich wütend zu sein. Und er hat noch nie etwas gegen unsere Beziehung gesagt.“ Aimée zog sorgenvoll die Augenbrauen zusammen.

Cyrus schüttelte den Kopf. „Ich denke nicht, dass dir Gefahr droht. Nur junge und unerfahrene Vampire können ihren Blutdurst nicht kontrollieren und sind ein unberechenbares Risiko für Menschen. Die älteren Vampire können sich sehr wohl beherrschen. Ich glaube nicht, dass Daniel uns einen jungen Vampir als Mitbewohner schickt, zumal er immerhin an deiner Rettung beteiligt war und weiß, dass du hier mit uns zusammen wohnst. Er würde dich doch nie einer solchen Bedrohung aussetzen wollen. Außerdem bin ich ja noch da und passe auf dich auf.“ Cyrus drückte Aimée erneut liebevoll an sich. Sie blickte in seine honigfarbenen Augen und entspannte sich sofort. Seine Nähe gab ihr immer ein Gefühl von Wärme und Halt.

„Hm, vermutlich hast du recht.“ Aimée hob die Hand und strich ihm zärtlich eine Strähne seines schwarzen Haares aus der Stirn.

„Ich werde euch Turteltäubchen jetzt auch mal allein lassen.“ George stand ebenfalls vom Frühstückstisch auf. „Weil der Rat unseren guten Cyrus hier vorläufig von seiner Aufgabe als Amor freigestellt hat, habe ich nun mehr zu tun als vorher.“

„Oh, wie kommt’s?“, fragte Aimée neugierig.

„Der oberste Rat hat mich einem anderen Amor zugeordnet. Sie haben sein Tätigkeitsfeld um den Bereich London erweitert. Er war gestern vor Ort, um sich ein

Bild der Lage zu machen, und er hat mir schon heute früh eine To-do-Liste zukommen lassen. Die ist so lang, dass ich erst dachte, im Dämensionskreis liegt eine Klorolle! Scheint so, als wollte dein Vertreter die halbe Stadt miteinander verbandeln." George grinste.

Cyrus zog eine Augenbraue hoch. „Entweder das, oder er will beim Rat Eindruck schinden. Wer ist es?"

George blickte zu Boden und kaute verlegen auf seiner Zigarre herum. „Nun … ich glaube, das wird dir nicht gefallen. Es ist Cyrill."

Für einen Moment war es komplett still in der Wohnküche, nur die Wanduhr tickte. Cyrus' Blick verfinsterte sich und er presste die Lippen zusammen. „Wann wolltest du es mir sagen?"

„Eigentlich überhaupt nicht. Aber da ihr es bei eurem Termin heute vermutlich sowieso erfahrt … na ja …" George zuckte mit den Schultern.

„Verdammt!" Plötzlich schlug Cyrus mit der Faust auf den Tisch. Das Geschirr schepperte heftig und Kaffee schwappte aus den Tassen. Aimée zuckte vor Schreck zusammen.

„Wer ist dieser Cyrill?"

„Mein Bruder", antwortete Cyrus knapp. Dann erhob er sich und verließ ohne ein weiteres Wort die Küche. Aimée starrte ihm entgeistert hinterher.

„Was war denn das, bitte?", fragte sie fassungslos.

George griff ungerührt nach einem Lappen und kümmerte sich um die Kaffeelache. Er wischte ausgiebig den Tisch ab und verkniff sich ganz gegen seine Gewohnheit jeden Kommentar.

Aimée packte seinen Arm. „Jetzt reicht es mir. Du sagst mir sofort, was das alles zu bedeuten hat. Und hör auf, den Tisch zu putzen! Das machst du doch sonst auch nicht!"

George ließ den Lappen los und murmelte: „Ich brauche einen Schluck Whisky. Willst du auch einen, Süße?"

Aimée schüttelte den Kopf. „Es ist gerade mal acht."

„Okay, bleibt mehr für mich." George ging zum Küchenschrank und holte ein Whiskyglas raus. Dann nahm er die halbvolle Flasche Single Malt und schenkte sich großzügig ein. „Ehrlich gesagt, kann ich dir dazu nicht wirklich etwas sagen. Ich weiß nur, dass Cyrill sein Zwillingsbruder ist und Cyrus nicht über ihn spricht. Muss wohl 'ne alte Familiensache sein. So zwischen Brüdern. Ich frag da lieber nicht nach."

Aimée runzelte die Stirn. „Er war wirklich aufgebracht. Ob ich mal mit ihm reden sollte?"

„So, wie Cyrus gerade drauf ist, würde ich das nur tun, wenn du jung sterben willst, Süße." Er sah sie ernst an.

„Aber er ist mein Freund und ich will für ihn da sein!"

George verdrehte die Augen. „Ich vergesse immer wieder, wie naiv ihr Menschen seid, wenn es um Liebesbeziehungen geht."

„Das ist nicht hilfreich."

„Ich meine doch nur, dass er die neue Situation erst mal mit sich selbst ausmachen möchte. Gib ihm etwas Zeit, Süße."

„Okay." Aimée nickte. „Aber wenn das Verhältnis der beiden nicht so gut ist, warum hat Cyrill nun ausgerechnet London übernommen?"

George drehte das Whiskyglas in der Hand und betrachtete die goldene Flüssigkeit darin. „Eigentlich ist Cyrill für Irland zuständig. Warum der Rat ihn nun für London eingesetzt hat, weiß ich auch nicht. Vielleicht ist das schon ein Teil der Strafe."

„Du glaubst wirklich, der Rat will Cyrus damit bestrafen?" Aimée machte große Augen. „So hätte ich Ferox gar nicht eingeschätzt. Er schien mir ganz okay zu sein."

„Na ja, Süße, Ferox ist nur eines der dreizehn Ratsmitglieder. Da sind ein paar ganz üble Typen bei. Richtige Beamte. So, wie ich den *Hohen Rat* kenne, werden sie sich noch etwas ganz anderes ausdenken. Aber ausgerechnet Cyrill mit Cyrus' Aufgabe zu betrauen, ist natürlich besonders teuflisch."

Aimée seufzte. „Das hört sich nicht gut an."

Für einen Moment schwiegen beide.

„Wann habt ihr heute euren Termin beim Dämonenrat?", erkundigte sich George.

Aimée blickte auf die Küchenuhr. „Oh je, schon in einer Stunde. Ich wollte noch duschen."

„Ja, Süße, brezle dich ordentlich auf, dann können die steifen Alten deinem süßen Arsch nicht widerstehen und der gute Cyrus wird vielleicht nicht in die Wüste des ewigen Schweigens geschickt." George grinste.

Aimée unterdrückte ein Lächeln. „Du bist unverbesserlich!"

Als Aimée unter der heißen Dusche stand, wurde ihr die Tragweite des bevorstehenden Termins erst richtig bewusst. Seit sie vor ein paar Tagen die Ladung erhalten hatten, hatte Aimée die möglichen Konsequenzen verdrängt. Sie hatte darauf vertraut, dass man ihre Liebe anerkennen würde. Schließlich hatte der Rat zuvor entschieden, dass sie nach ihrer Rettung bei Cyrus bleiben durfte. War alles nur ein kurzer Traum gewesen?

Bei dem Gedanken daran, dem Dämonenrat gegenüberzutreten, flatterte Aimées Herz wie ein kleiner Vogel im Sturm. Vor ihrem inneren Auge zogen die letzten Wochen wie ein Film vorüber.

Ihr Leben hatte sich komplett verändert. Das große Herrenhaus, in dem ihre Familie lebte, war schon immer ein kalter Klotz gewesen. Doch nach dem Tod ihres Vaters wurde es Aimée fast unerträglich, in diesem

Haus zu wohnen. Ihr Bruder spielte sich als Despot auf und ließ sie kaum nach draußen. Als er sie mit seinem Geschäftspartner verheiraten wollte und Aimée zu allem Überfluss auch noch einen Mord im Keller beobachtete, floh sie Hals über Kopf in Richtung London. Vor den Häschern ihres wahnsinnigen Bruders fand Aimée in dieser ungewöhnlichen WG Schutz. Das Zusammensein mit den Jungs war wie ein Lichtblick in dieser dunklen Zeit gewesen. Sie fühlte sich beschützt und zum ersten Mal in ihrem Leben gab es für sie so etwas wie ein Zuhause. Was sicherlich auch damit zusammenhing, dass sich Aimée sofort zu dem ernsten Cyrus hingezogen fühlte. Als sich nach der Nacht im Club dann herausstellte, dass die verrückten Jungs allesamt Dämonen waren, war sie zwar zunächst schockiert gewesen und wollte es nicht glauben. Aber nach all den Ereignissen der letzten Wochen dachte Aimée, dass sie nichts mehr erschüttern könnte. Außerdem, wer konnte schon von sich behaupten, mit einem sexy Incubus, einem frechen Amoridicius und einem charmanten Veritas-Dämonen befreundet zu sein?

Auf die Bekanntschaft mit dem Schwarzen Mann hätte Aimée allerdings gern verzichtet. Sie spürte immer noch diese herzzerreißende Traurigkeit, die er ausgestrahlt hatte. Dennoch hatte Jeremy sie zusammen mit den anderen Jungs aus den Fängen der Kampfengel gerettet. Bis zuletzt hatte Aimée es nicht wahrhaben wollen, dass ihr eigener Bruder sie an Arik, den Heerführer der Kampfengel verschachern wollte. Er hatte sogar ihren Tod in Kauf genommen, nur um seine Gier nach Macht zu befriedigen. Doch all diese schrecklichen Dinge verblassten vor der Tatsache, von einem echten Amordämon geliebt zu werden. Für einen Moment traten die Bilder der letzten Nacht in Aimées Gedächtnis, als sie stundenlang miteinander über Philosophie, das Leben und die Liebe geredet hatten. Sie hatten Rotwein getrunken und sie hatte in seinen Armen gelegen. Cyrus hatte sie so unglaublich zärtlich liebkost, wie es vermutlich kein anderer Mann je tun könnte. Er ließ sie all den vergangenen Schmerz vergessen.

Aimée trat aus der Dusche und wickelte sich in ein großes, flauschiges Handtuch. „Alles wird gut!", sprach sie sich selbst im Badezimmerspiegel Mut zu. „Jetzt gib bloß nicht auf. Du bist immerhin den Fängen deines Bruders und eines Kampfengels entkommen. Der Termin beim Dämonen-Rat kann auch nicht schlimmer sein."

KAPITEL 2

Es gibt zwei Möglichkeiten, vor dem Elend des Lebens zu flüchten: Musik und Katzen.
Albert Schweitzer

Geschmeidig lief Keira über die Dächer der endlosen Reihenhäuser. Ein leichter Dunstschleier hing noch über der Stadt, aber am Horizont färbte sich der Himmel bereits rosa und es versprach ein schöner Tag zu werden. Dennoch lag schon ein Duft von Herbst in der Luft. Alle Gerüche dieses Morgens nahm Keiras feine Nase auf. Auch die Geräusche, die von den Straßen heraufklangen, nahm sie wahr, doch all dies interessierte die kleine Katze nicht. Sie steuerte unbeirrt ihrem Ziel entgegen.

Als sie einen Schornstein umrundete, spürte sie die düstere Aura bereits. Ein feines Kribbeln breitete sich von ihren Schnurrhaaren bis zu ihrem Schwanz aus. Bald schon würde sie wieder in seiner Nähe sein. Sie würde es niemals zugeben, aber sie hatte ihn vermisst.

Mit schnellen Schritten lief sie auf das offene Dachfenster zu, aus dem verheißungsvoll die kratzige Stimme von Tom Waits erklang. Das, was andere Menschen in tiefste Trauer oder Wut stürzte, faszinierte sie. Seine wundervolle schwermütige Aura elektrisierte jede Zelle ihres Körpers. Sie konnte es kaum erwarten, sich an ihm zu reiben und seinen herben Duft nach Weihrauch und Sandelholz zu riechen. Seit Tagen hatte sie ihn nicht mehr besuchen können. Wie sehr sehnte sie sich danach, sich von seinen schlanken Fingern streicheln zu lassen. Heute, nach all der unerträglich langen Zeit, würde sie ihm sogar erlauben ihren Bauch zu kraulen.

Keira erreichte das Dachfenster und sprang leichtfüßig auf die schmale Fensterbank. Sie spähte in den Raum. Von Jeremy war nichts zu sehen. Sie erkannte ein zerwühltes Bett und stellte sich vor, wie sie sich auf dem Laken rekeln würde. Das Kribbeln in ihrem Magen nahm zu. Ob er sich ebenso freuen würde, sie wiederzusehen? Vielleicht konnte sie ihm dieses zarte Lächeln entlocken, das er nur ihr zeigte.

Sie war bereits seit Stunden auf den Beinen, um ihn zu finden. London war wahrlich keine kleine Stadt, aber ihr untrügliches Gespür führte sie wie magisch zu ihm. Dennoch war es nicht immer einfach seiner Spur zu folgen, da Jeremy als Schwarzer Mann regelmäßig seine Unterkunft wechseln musste. Menschen ertrugen diese düstere Atmosphäre nicht lange. Keira spürte, dass dieses Haus in Fulham bereits von seiner Aura durchdrungen war. Vermutlich waren die anderen Bewohner bereits ausgezogen oder hatten sich gegenseitig umgebracht. Jedenfalls hatte Jeremy nie Probleme, auch in den besten Gegenden der Stadt eine Bleibe zu finden. Er brauchte sich nur für ein paar Stunden in der Nähe des Hauses aufzuhalten und schon wurde eine passende Wohnung frei.

Aus einem anderen Fenster drang das Geräusch von fließendem Wasser an ihr Ohr. Keira sprang auf die nächste Fensterbank, reckte sich und erspähte tatsächlich Jeremy durch das Fenster. Er stand von ihr abgewandt unter der Dusche. Keiras Blick glitt von seinem Rücken hinab zu seinem wohlgeformten Po. Sie liebte seinen Anblick. Die blasse Haut war ebenmäßig wie weißer Marmor und seine schlanke, aber durchaus muskulöse Erscheinung versetzte sie jedes Mal in Entzücken. Jeremy drehte das Wasser ab und fuhr sich mit der Hand durch das nasse Haar. Keira wollte gerade zurück auf die andere Fensterbank springen, um durch das offene Fenster in sein Schlafzimmer zu schlüpfen und ihn zu begrüßen, als sie eine maunzende Stimme vernahm.

„Hallo, Keira."

Keira erschrak innerlich, doch sie zeigte keine Spur davon, als sie sich betont langsam zu dem schwarzen Waldkater umdrehte. Er saß keinen Meter entfernt auf einem Schornstein. Auch er trieb sich auffällig häufig in Jeremys Nähe herum. Im Gegensatz zu ihr war der große Kater kein Gestaltwandler, dennoch war irgendetwas an ihm seltsam. Keira misstraute ihm, da er immer wie aus dem Nichts auftauchte.

„Seit wann bist du so unvorsichtig?"

„Ich weiß nicht, was du meinst, Othello", sagte Keira bewusst ungerührt.

„Tatsächlich nicht?" Der große Kater legte den Kopf schief. „Du hast meine Anwesenheit doch gar nicht gespürt. Normalerweise lässt du niemanden so nah an dich herankommen."

Keira ignorierte seine Bemerkung und fragte spitz: „Was willst du von mir?"

Othello streckte sich und sprang zu ihr auf die Fensterbank. „Du besuchst unseren gemeinsamen Freund?"

„Wie du siehst."

„Er hat dich vermisst." Othello sah Keira mit seinen unergründlichen Augen an.

Keira wandte den Blick ab und starrte wieder in das mittlerweile leere Badezimmer. „Ich weiß", murmelte sie. „Es war mir einfach nicht möglich, zu ihm zu kommen. Die Situation ist schwierig und ich ... ich musste beim Clan bleiben."

Othello deutete ein Nicken an. „Deshalb wundere ich mich, dass du ausgerechnet jetzt hier bist."

„Wie meinst du das?"

„Du weißt es wirklich nicht?“ Der Kater beobachtete ihr Gesicht genau.

„Nun sag schon!“

„Die Spatzen pfeifen es quasi von den Dächern. Eine Gestaltwandlerin wurde heute Morgen tot aufgefunden. Sie trieb in der Themse.“ Seine Stimme war ruhig und beinahe unbeteiligt, aber seine buschige Schwanzspitze zuckte.

„Sie? Du redest doch wohl nicht von Sally?“, fragte Keira voller Unbehagen.

„Den Namen der Wandlerin kenne ich nicht. Aber man trug mir zu, dass der Leichnam ziemlich entstellt gewesen sei.“

Keira erfasste ein unheilvolles Gefühl. „Ich muss sofort zu meiner Familie.“ Sie sprang von der Fensterbank auf das Dach und wandte sich zum Gehen.

„Das ist vermutlich besser so. Bleib lieber in Sicherheit bei deinem Clan. Nicht dass du Nummer *Sieben* wirst“, rief Othello ihr zu.

Schockartig erstarrte Keira in ihrer Bewegung. „Willst du damit sagen, es sind noch mehr Wandler verschwunden?“

Othello wiegte den Kopf hin und her. „Nun, man hört so dies und das. Anscheinend sind die Straßen Londons für euch Wandler nicht mehr sicher. Vielleicht solltest du die Deinen aufsuchen und mehr herausfinden.“

„Das werde ich.“

In eiligen Sprüngen rannte Keira über die Dächer in Richtung Osten.

***

Othello sprang zurück auf seinen Beobachtungsposten. Eine Weile saß er unbeweglich auf dem Schornstein und blickte der kleinen rotgetigerten Katze hinterher, als plötzlich ein Metallrohr aus dem Schornsteinschlot in die Höhe fuhr. Am Ende des Rohrs befand sich ein kleiner Bildschirm. Zunächst erschien darauf ein Flackern, dann sah Othello einen alten Mann mit strähnigen grauen Haaren und tiefschwarzen Augen. Er hatte eine schmutzige Küchenschürze umgebunden.

„Hallo Othello, mein Bester. Wie ist es gelaufen?", krächzte die Stimme von Artkis Ramschus aus dem Lautsprecher. „Hast du alles in die Wege geleitet?"

Othello maunzte zustimmend. Artkis rieb sich die Hände.

„Sehr schön, sehr schön! Dann kommt jetzt mal Bewegung in die Angelegenheit." Er kicherte. „Ich erwarte dich zum Abendessen. Ich versuche gerade ein neues Rezept. Leberwurstsuppe mit Linsen und saurem Hering."

Othello starrte Artkis eine Weile regungslos an, dann zog er angewidert die linke Lefze hoch. Bevor er sich allerdings umdrehen und dem Bildschirm demonstrativ seinen puscheligen Po entgegenstrecken konnte, fuhr das Metallrohr wieder in den Schornstein zurück.

***

Keira hastete über die Dächer der Reihenhäuser, solange es möglich war. Irgendwann musste sie über eine Feuertreppe hinunter auf die Straße, um den Weg Richtung Südosten einzuschlagen. Im bunten Gewirr der Menschenfüße kam sie auf ihren Samtpfoten allerdings nicht schnell genug in Richtung der Docklands, aber ohne Kleidung und Geld wäre das Vorankommen in ihrer menschlichen Gestalt vermutlich noch unmöglicher geworden. Wie alle erfahrenen Gestaltwandler hatte auch Keira überall in London Verstecke angelegt, in denen ein paar Pfundnoten und einige Klamotten hinterlegt waren, aber ausgerechnet in dieser Gegend war keines davon in erreichbarer Nähe und Keira wollte nicht unnötig Zeit verlieren.

Kurz darauf lief sie in eine Underground-Station. Als Katze brauchte man schließlich kein Ticket und so könnte sie einen Großteil der Strecke mit der Bahn zurücklegen. Sie schlüpfte mit den Menschen zusammen in den Wagon, setzte sich selbstbewusst auf einen Sitz und wurde von den Mitreisenden nicht schlecht bestaunt. Einige lächelten sie an und wollten sie streicheln. Es ging eine Weile gut, bis eine verwahrloste alte Frau, die mit diversen Plastiktüten beladen war, in die Bahn einstieg und sich Keira gegenübersetzte. Sie stellte ihre Taschen ab und lächelte Keira zuckersüß an.

„Du bist ja eine süße Maus." Keira verdrehte innerlich die Augen. Die alte Frau fuhr fort: „Wie bist du bloß hier hereingekommen? Jemand muss dir wohl helfen, wieder rauszukommen."

Ein Mädchen blickte von ihrem Smartphone auf. „Sie haben recht. Wir könnten die Katze einfangen und rausbringen."

Die alte Frau nickte. „Ja, eine gute Idee. Ich kann sie in eine meiner Taschen packen und mitnehmen." Sie beugte sich zu Keira vor und streckte die Hand aus.

In Keiras Kopf schrillten die Alarmglocken. Diese alte Frau roch nach Alkohol und Tod. Sie fauchte die Frau an und schlug mit der Tatze nach der Hand.

„Oh, da ist aber jemand ein böses Kätzchen. Ich will dir doch nur helfen." Die Frau zog ihre blutende Hand zurück und ihre Augen funkelten tückisch.

Keiras Instinkt sagte ihr, dass diese Frau log.

„Man sollte den Tierfänger rufen", schaltete sich ein junger Mann ein. „Die können die Katze mit ins Tierasyl nehmen."

Hastig sprang Keira vom Sitz und lief aufgeregt durch das Zugabteil. Dabei war sie darauf bedacht, keinem der Fahrgäste zu nahe zu kommen, sodass sie keiner plötzlich greifen konnte. Sie musste unbedingt aus dem Zug raus.

Keira huschte zwischen den Füßen der Menschen hin und her. Die alte Frau war aufgestanden und folgte ihr. Sie versuchte Keira mit süßer Stimme zu locken. „Nun komm her, Kätzchen. Komm, musch, musch. Ich habe ein Leckerchen für dich in meiner Tasche."

Von wegen, alte Hexe, dachte Keira. In diesem Moment bremste der Zug und ihr fiel ein Stein vom Herzen, als sich die Türen endlich öffneten. Hastig sprang sie auf den Bahnsteig und rannte, so schnell sie zwischen den Beinen der Menschen vorankam, aus der Underground-Station. Keira verlangsamte ihr Tempo nicht, denn sie hatte aus den Augenwinkeln gesehen, dass auch die alte Frau die Tube verlassen hatte. Wäre es ihr wirklich nur darum gegangen, Keira aus der Bahn zu helfen, warum hätte sie ihr dann folgen sollen?

Erst nach einer gefühlten Ewigkeit und als Keira sich ganz sicher war, die alte Frau abgehängt zu haben, gestattete sie sich, kurz stehen zu bleiben. Ihr Herz hämmerte gegen ihre Brust. Eine unbestimmte Angst breitete sich in ihr aus. Ob diese alte Frau in ihr mehr erkannt hatte als eine Katze? Oder hatte sich Keira von Othellos seltsamen Aussagen unnötig ängstigen lassen und die Frau war einfach nur eine verrückte Alte? Waren die Straßen in London tatsächlich nicht mehr sicher für Gestaltwandler, oder spielten ihre Nerven ihr einen Streich?

Doch all diese Überlegungen spielten vorerst keine Rolle. Sie musste schnell zurück zu ihrem Clan. Durch diesen ungeplanten Zwischenfall hatte Keira ihre Route ändern müssen und sie würde für den weiteren

Weg öffentliche Verkehrsmittel meiden. Keira seufzte innerlich. Sie hatte noch einen recht langen Weg vor sich bis zu der leerstehenden Lagerhalle am Südufer der Themse.

***

Aimée legte die Arme um Cyrus und schmiegte sich eng an ihn. Sie standen beide in dem kleinen Raum mit dem Dämensionskreis.

„Bist du aufgeregt?", fragte er, während das Portal aufleuchtete.

Aimée nickte. „Wohin werden wir reisen? Ich meine, was ist das für eine Dimension?"

„Ich habe keine Ahnung", antwortete Cyrus. „Diesen Sprung vollführe nicht ich, sondern der Rat schickt uns sozusagen eine Einladung."

„Und das bedeutet?"

„Das bedeutet, sie sprechen die Beschwörung und holen uns durch das Portal. Der Rat trifft sich nie an einem speziellen Ort. Sie wandern kreuz und quer durch die Dämensionen. Wir können uns nur überraschen lassen. Aber ich denke nicht, dass sie uns in eine menschenfeindliche Umgebung holen werden."

„Menschenfeindlich?", wiederholte Aimée erschrocken. „Wie muss ich mir das vorstellen?"

„Es gibt Dämensionen, die voller giftiger Dämpfe sind, oder Temperaturen haben, die den menschlichen Vorstellungen der Hölle entsprechen. Aber keine Bange, Kleines. Da wir beide vor den Rat bestellt wurden, nehme ich an, sie wählen eine Umgebung, die keine Gefahr für dich darstellt."

„Na hoffentlich, sonst wird es für mich ein verdammt kurzer Besuch", bemerkte Aimée sarkastisch.

Plötzlich stieg Nebel aus dem Kreis auf und kroch wie Schlangen um ihre Beine. Ein gelbes Licht erstrahlte, der Nebel verdichtete sich und Aimée konnte den Raum nicht mehr erkennen. Dann löste sich der Boden unter ihren Füßen auf und sie fielen. Aimée klammerte sich fest an Cyrus. Ein gewaltiger Sog zerrte an ihnen und verschiedene Lichter wirbelten so schnell um sie herum, dass Aimée ganz schlecht wurde. Als sie glaubte, sich jeden Moment übergeben zu müssen, hatte sie auf einmal wieder festen Boden unter den Füßen. Vermutlich wäre sie auf allen vieren gelandet, wenn Cyrus sie nicht so fest im Arm gehalten hätte.

„Alles in Ordnung?", fragte er besorgt. Er ließ sie los, trat einen Schritt zurück und blickte in ihr Gesicht.

„Ja, alles klar. Aber ich weiß schon jetzt, dass ich diese Dämensionsreisen hasse. Wenn es nicht sein muss, möchte ich das nie wieder machen."

Er lächelte. „Ich werde es mir merken."

Aimée sah sich um. Sie standen inmitten einer lehmig-gelben Ebene, die sich in alle Richtungen bis zum Horizont erstreckte. Kein Strauch und kein Stein waren zu sehen. Nichts gab dem Auge etwas zu tun. Der Himmel war von einem nahezu blendendem gelb-weißen Ton und obwohl es nicht wirklich heiß war, glaubte man, in der Gluthitze einer Wüste zu stehen. Das Licht war so gleißend hell, dass es Aimée in den Augen brannte.

„Wo sind wir?", fragte sie.

Cyrus wirkte nun zum ersten Mal etwas beunruhigt. „Wir sind in der Wüste des ewigen Schweigens."

Aimée zuckte zusammen. Von dieser Wüste hatte George ihr berichtet. Hierher wurden Dämonen geschickt, wenn sie gegen die Regeln des Rates verstoßen hatten. Manchmal für Tausende von Jahren. Es war ein Ort der Strafe. Aimée drehte sich im Kreis und konnte sich gut ausmalen, dass dieser Ort einen in den

Wahnsinn treiben konnte. Sie schluckte. Dann kam ihr ein furchtbarer Gedanke. „Und wenn es gar keinen Ratstermin gibt? Wenn das hier eine Falle ist. Unsere Strafe?"

„Nein!" Cyrus schüttelte entschieden den Kopf. „Dem Rat obliegt es nicht, dich zu strafen. Du bist ein Mensch. Sie dürfen nur Dämonen ihren Regeln unterziehen. Außerdem kannst du nichts für deine Gefühle. Es steht dir frei, dich in einen Amordämonen zu verlieben. Anders ist es bei mir. Also sei unbesorgt, wenn dieser Ort meine Strafe sein sollte, hätten sie nur mich herbestellt."

„Also ich weiß nicht." Aimée schlang schützend die Arme um sich. „Wo sind sie denn? Ich meine der Rat. Müssten sie nicht hier sein, um uns zu empfangen?"

Cyrus schwieg und sah sich mit zusammengezogenen Augenbrauen um. Die Minuten vergingen, oder waren es nur Sekunden? Aimée kam es wie eine Ewigkeit vor, die sie dort standen. Mit jedem Moment fühlte sie sich deprimierter. Es war nichts zu hören. Eine völlige Stille, nicht einmal das Wehen des Windes vernahm sie, obwohl Aimée das Gefühl hatte, einen Luftzug zu spüren. Dieser Luftzug wirkte zugleich heiß und eisigkalt.

„Was sollen wir nun tun? Hier warten, oder müssen wir irgendwohin gehen?" Aimée blickte Cyrus hoffnungsvoll an.

„Ganz ehrlich, ich weiß es nicht. Der Rat hat mich noch nie an diesem Ort empfangen."

„Und wenn sie gar nicht kommen? Was machen wir dann?" Langsam stieg Panik in Aimée auf. „Können wir dann zurückkreisen?"

Cyrus schüttelte den Kopf. „Aus dieser Dämension heraus kann nur ein Mitglied des Rates reisen."

„Natürlich, wie dumm von mir, sonst wäre es ja kein Gefängnis für Dämonen. Allerdings muss ich sagen, dass ich diese Strafe als ziemlich grausam empfinde."

„Sch, nicht so laut“, zischte Cyrus ihr zu. „Sie könnten dich hören und es als Kritik an ihren Regeln empfinden.“

Aimée machte große Augen. „Du meinst, sie belauschen uns?“

„Das ist durchaus möglich.“ Cyrus blickte sich um.

„Also ist das so etwas wie ein Test? Sie beobachten uns wie Versuchsratten in einem Labyrinth? Wie krank ist das denn?“ Aimée stemmte die Hände in die Hüften.

Cyrus trat dicht an sie heran und legte ihr einen Finger an die Lippen. „Bitte beruhige dich. Ich weiß auch nicht, was dies alles bedeutet, aber ich bin mir sicher, dass wir es herausfinden, wenn wir ruhig und besonnen bleiben. Lass und ein Stück gehen.“

„Gehen? Wohin sollen wir gehen? Hier ist doch nichts.“ Aimée drehte sich im Kreis.

„Das spielt keine Rolle. Komm!“ Er nahm ihre Hand und sie wanderten eine Weile schweigend über die Ebene.

Aimée warf einen Blick zurück. Alles sah gleich aus. „Lass uns nicht zu weit laufen, sonst finden wir diesen ... diesen Dimensionskreis nicht wieder“, bat sie.

„Hier gibt es keinen Dämensionskreis. Du kannst von jedem Punkt aus die Wüste verlassen oder von keinem. Wie gesagt, das liegt in der Hand des Rates.“

„Na, wunderbar“, murmelte Aimée.

Sie liefen und liefen, aber Aimée hatte nicht das Gefühl, dass sie sich auch nur einen Meter fortbewegten, obwohl ihre Füße anfingen zu schmerzen. Es war keine Änderung in der Landschaft zu sehen. Nicht einmal Fußabdrücke hinterließen sie auf dem harten Boden. Aimées Zunge klebte bereits an ihrem Gaumen und ihre Kehle fühlte sich so trocken an, als seien sie schon seit Tagen durch diese Wüste geirrt. Sie glaubte, verdursten zu müssen.

„Können wir eine Pause einlegen?“, fragte sie.

Cyrus nickte und Aimée setzte sich auf den harten Boden, der unerwartet kalt war. Sie sah sich in der Trostlosigkeit dieser Dimension um und spürte, wie sich in ihr aufkeimender Ärger mit beginnender Hoffnungslosigkeit mischte. „Auch auf die Gefahr hin, den Rat zu verärgern, ich denke langsam, dass sie uns tatsächlich hier ausgesetzt haben, um uns hier verrotten zu lassen", murrte Aimée.

Cyrus stand neben ihr und starrte in die Ferne. „Das kann ich einfach nicht glauben."

Sie sah zu ihm hoch. Er wirkte sehr ernst und angespannter, als sie ihn kannte.

„Und was denkst du?", erkundigte sich Aimée. „Bist du dir noch immer sicher, dass es nur eine kleine Prüfung ist?"

„Nein, aber sie werden uns ganz sicher nicht sterben lassen. Dämonen können in der Wüste des ewigen Schweigens nicht sterben. Auch wenn sie vermutlich irgendwann so weit sind, dass sie es sich ersehnen."

„Dämonen vielleicht nicht, aber ich komme jetzt schon halb um vor Durst. Ich wünschte, ich hätte beim Frühstück mehr getrunken."

Cyrus sah erschrocken auf sie herunter. Er setzte sich neben sie und legte den Arm um Aimée. „Was auch kommt, ich verspreche dir, dass ich mir etwas einfallen lasse. Ich werde nicht zulassen, dass dir irgendetwas passiert, Kleines. Ich finde einen Weg, dich nach Hause zu schicken."

„Und wenn nicht?"

„Daran darfst du nicht denken", versuchte er Aimée zu beruhigen.

„Wer weiß, vielleicht soll ich hier sterben. Bestimmt ist das deine Strafe", mutmaßte Aimée.

„Wenn dir etwas passiert, werde ich jedes einzelne Mitglied des Rates zur Rechenschaft ziehen. Das schwöre ich dir!"

„Und wie willst du das machen?", erkundigte sich Aimée.

„Ich bringe sie alle um", knurrte Cyrus.

„Eine solche Tat wäre äußert ungehörig. Denk nicht mal dran, junger Amor, und sprich solch eine Drohung nicht noch einmal aus", erklang plötzlich eine tiefe Stimme.

Aimée und Cyrus fuhren herum. Hinter ihnen stand Ferox. In dieser kahlen Wüste wirkte er noch größer, als Aimée ihn in Erinnerung hatte. Er trug eine lange rote Robe und sein Haupt zierten gigantische Widderhörner. Aimée und Cyrus beeilten sich, auf die Füße zu kommen. Cyrus ergriff Aimées Hand und gemeinsam gingen sie einige Schritte auf Ferox zu.

„Wo ist der Rest des Rates?", verlangte Cyrus zu erfahren. Seine Stimme war scharf und Aimée bemerkte, dass er sich nur mit Mühe beherrschen konnte, Ferox nicht an die Gurgel zu gehen. Die ganze Zeit hatte er erstaunlich ruhig gewirkt. Doch jetzt, da sie Ferox endlich gegenüberstanden, schien Cyrus' Geduld am Ende zu sein.

„Deine Ungeduld ziemt sich nicht im Angesicht des hohen Rates. Du hast uns deinen Respekt zu zollen", ermahnte Ferox ihn.

Cyrus stieß ein leises Grollen aus und Aimée griff beruhigend seinen Arm. „Wo ist denn der Rat? Ich sehe ihn nicht", bemerkte sie und zog die Aufmerksamkeit von Ferox auf sich.

Der mächtige Dämon wandte sich nun ihr zu. „Der Rat versammelt sich gerade." Er wies auf den Horizont, wo Aimée jetzt mehrere Wirbelstürme erkannte, die sich schnell näherten. Sekunden später waren sie umkreist von elf hohen Windhosen und einem grünlichen Etwas, das aussah wie ein überdimensionaler Wackelpudding. Aimée starrte den knapp einen Meter großen Klumpen an, der unentwegt hin und her schwankte.

Unter ihrem Blick wurde das Zittern dieser unförmigen Masse merklich schneller. Aimée wandte den Blick ab.

Cyrus verneigte sich knapp vor dem Rat und Aimée tat es ihm gleich. Dann drückte sie sich näher an Cyrus und raunte ihm zu: „Der Rat besteht aus Wirbelstürmen?"

„Nein, aber wir haben entschieden, dass wir unsere wahre Gestalt vor deinem menschlichen Auge geheim halten. Du hast auch so schon zu viel von unserer Welt erfahren. Abgesehen von mir natürlich. Immerhin hatten wir ja schon einmal das Vergnügen", antwortete Ferox lächelnd, der anscheinend ein hervorragendes Hörvermögen besaß.

„Und was ist mit dem da?", platzte es unüberlegt aus Aimée heraus. Sie zeigte auf den Wackelpudding. Die grüne Masse waberte nun noch wilder umher und stieß seltsame Laute aus, die vermutlich seiner Empörung Ausdruck verleihen sollten.

„Das ist ein Verovante. Seine Art kann kaum andere Formen annehmen. Dafür haben sie andere Fähigkeiten", klärte Cyrus sie leise auf.

„Ich möchte mir nicht vorstellen, was das sein mag", murmelte Aimée. „Aber jede Form ist besser als diese Wirbelstürme, mir dreht sich schon alles im Kopf." Sie stutzte, als sie bemerkte, wie sich Ferox die Hand vor den Mund hielt, um ein Grinsen zu verstecken. Ihn schien ihre Bemerkung zu belustigen.

Ferox neigte den Kopf. „Nun, vielleicht sagt dir diese Form eher zu. Sieh es als guten Willen des Rates an, euren Fall angemessen zu verhandeln."

Mit einem Mal waren die Windhosen verschwunden. Stattdessen standen neben Ferox elf völlig identische Herren mit blassen Gesichtern und grauen Anzügen. Sie wirkten wie das fahle Abziehbild eines britischen Gentlemans, vom Bowler bis zum Regenschirm. Neben den elf Herren stand der grüne Wackelpudding –

ebenfalls mit einer grauen Melone auf dem Kopf. Aimée musste sich zusammenreißen, um nicht hysterisch loszulachen. Die bleichen Gentlemen starrten sie aus kohlrabenschwarzen Augen an. Dieser Anblick war fast noch erschreckender als die bedrohlichen Wirbelstürme.

Cyrus räusperte sich und verneigte sich erneut. „Wir danken dem Rat für diese Gunst. Wir stellen uns dem Verfahren und hoffen auf eine weise und gnädige Entscheidung."

Kapitel 3

*Die Botschaft hör ich wohl, allein mir fehlt der
Glaube.*
Johann Wolfgang von Goethe

Als Keira endlich die Isle of Dogs erreichte, waren mehrere Stunden vergangen. Ihre Pfoten schmerzten und sie sehnte sich nach einer Pause. Doch die Zeit, um sich im Millwall Park in die Sonne zu legen, hatte sie nicht. Sie steuerte den Greenwich Fußgängertunnel an, um so ans Südufer der Themse zu gelangen. Von dort aus waren es noch knapp zweieinhalb Meilen, also nur noch ein Katzensprung gemessen an der Strecke, die Keira bisher zurückgelegt hatte. Sie folgte der Woolwich Road, bis sie beim Gewerbegebiet von Charlton ankam, und bog dort in Richtung des großen Warenlagers von Sainsbury's Thameside ab. Zwischen Autoreifenhändlern, einer Kfz-Prüfstelle und Logistikunternehmen gab es auch einige Lagerhallen, die man mieten konnte. Eine davon stand offiziell leer und wurde von den Clanmitgliedern als Treffpunkt genutzt.

Keira schlüpfte ungesehen in die Halle und traf zunächst auf Ginger, eine kleine Schildpattkatze mit verschiedenfarbigen Augen. Sie hockte zusammengekauert an einem der Stützpfeiler der Halle. Sie war noch sehr jung und hatte erst vor Kurzem die Wandlung vollständig vollzogen.

„Hallo Ginger, hast du meinen Vater gesehen?"

Ginger schüttelte den Kopf.

„Und Timor?", hakte Keira ungeduldig nach.

„Nebenan. Er redet mit diesem Polizisten." Ginger nickte in Richtung einer schweren Tür.

„Hier?", fragte Keira verwundert. „Wieso hat Timor einen Polizisten hierhergeführt?"

Ginger antwortete nicht, sondern ließ wieder den Kopf hängen. Keira seufzte und ging an Ginger vorbei durch die Stahltür in den Versammlungsraum des Clans. Dieser Teil der Halle hatte keine Fenster, nur durch Oberlichter in der Decke fiel etwas Licht hinein. So war der Clan vor neugierigen Blicken geschützt. Hier standen einige alte Sofas und Sessel herum, auf denen die jüngeren Clanmitglieder gerne außerhalb der offiziellen Treffen herumlümmelten. An der hinteren Wand hatten sie zudem einen Tischkicker aufgestellt und in der Mitte befand sich ein kleines Rednerpodest, neben dem zwei Gestalten standen.

Keira ging mit geschmeidigen Schritten auf die beiden Männer zu. Einer von ihnen war Timor, der zweite Mann, der Keira den Rücken zuwandte, musste der Polizist sein, von dem Ginger gesprochen hatte. Der Fremde war etwas kleiner als Timor, aber dafür deutlich breitschultriger als der Clanchef. Sie waren so in ihr Gespräch vertieft, dass sie Keira zunächst gar nicht bemerkten. So konnte sie noch hören, wie Timor an den anderen Mann gewandt sagte: „Es ist ein harter Schlag für den Clan. Sally war bei allen sehr beliebt. Wir werden alles tun, um ihre Eltern in dieser schweren Zeit zu unterstützen. Danke, dass Sie mich informiert haben, Detective."

Man hat also tatsächlich Sally aus der Themse gefischt, schoss es Keira durch den Kopf. Auf dem ganzen Weg hierher hatte sie gehofft, dass sich ihre Befürchtung nicht bestätigen würde. Zeitgleich wunderte sie sich, warum Timor sich dem fremden Polizisten so offen anvertraute. Sie kam jedoch nicht dazu, sich weiter

Gedanken zu machen, da Timor sie nun entdeckt hatte und sich ihr zuwandte.

„Keira, da bist du ja! Es gibt schlechte Neuigkeiten."

Keira blieb stehen und nickte bedrückt. „Ja, ich habe das Gerücht gehört, dass einem von uns etwas zugestoßen ist."

„Das ist leider kein Gerücht. Sally ist tot", sagte der Clanchef tonlos, doch Keira bemerkte, dass Timor um Fassung rang.

„Was ist geschehen?" Sie versuchte sich nicht anmerken zu lassen, wie sehr ihr diese Nachricht zusetzte. Keira wollte vor diesem Polizisten auf keinen Fall ihre Haltung verlieren.

Nun drehte sich auch der andere Mann um. Er zog überrascht eine Augenbraue hoch. „Keira?"

Entgeistert starrte Keira in ein Gesicht, das ihr immer noch bekannt vorkam, auch wenn sie es seit Jahren nicht gesehen hatte.

„Deacon? Bist du es wirklich?" Für einen Moment verdrängte die Wiedersehensfreude mit ihrem alten Freund den traurigen Anlass. Sofort trat sie an ihn heran und schlang die Arme um ihn. Er ließ es geschehen und erwiderte die Umarmung fast ein wenig unbeholfen. Keira drückte ihn an sich. Er roch vertraut nach Aftershave und Eukalyptusbonbons. Dann löste sie sich und trat einen Schritt zurück.

„Es ist so schön, dich wiederzusehen, Kätzchen." Deacon zeigte ihr ein schiefes Lächeln. Seine Stimme war rau und in seinem Blick lag die gleiche Verwunderung, die auch Keira angesichts dieses unerwarteten Wiedersehens fühlte. Sie musterte Deacon. Er wirkte übernächtigt und auf seinen Wangen waren Bartstoppeln zu sehen. Vermutlich war er schon länger im Einsatz. Seine vollen hellbraunen Haare waren kurz und strubbelig. Keira entdeckte einige graue Strähnen darin, obwohl Deacon gerade mal vier Jahre älter war als sie. Am

auffälligsten waren immer noch seine strahlend hell-
blauen Augen.

„Wie lange ist es jetzt her, dass wir uns gesehen haben?", fragte Keira.

Deacon zuckte die Schultern. „Zu lange", bemerkte er
leise.

Ein leichter Schmerz der Erinnerung durchzuckte
Keira, als sie daran dachte, wie ihr bester Freund sich
vor acht Jahren von ihr verabschiedet hatte, um ins
Ausland zu gehen. Damals hatte sie sich in ihr Studium
gestürzt und seitdem hatte sich so vieles verändert.
Nun sah sie ihn nach all der Zeit zum ersten Mal wieder. Doch Keira gestattete sich nicht, dass die Melancholie ihr Herz ergriff. So schüttelte sie die Erinnerung
ab und straffte die Schultern. „Du bist nun also bei der
Polizei?"

„Ja, bei Scotland Yard", bestätigte Deacon.

„Er ist der ermittelnde Detective Inspektor", mischte
sich Timor ein, der die Wiedersehensszene bisher
stumm verfolgt hatte. Keira warf ihm nur einen kurzen
kühlen Blick zu und antwortete: „Das dachte ich mir.
Würdest du uns wohl einen Moment allein lassen,
Timor? Ich möchte mit Deacon unter vier Augen sprechen."

Timor blickte zwischen den beiden hin und her und
schien zu überlegen, ob er Keiras Wunsch nachkommen, oder sie wegen ihrer erneuten Missachtung seines
Ranges gegenüber Clanfremden rügen sollte.

Deacon schien die Anspannung zu spüren und zog
ein Notizbuch aus der Jackentasche. „Das wäre gut, da
ich auch noch einige Fragen an dich habe, Keira."

Der Clanchef nickt Deacon zu. „Also gut. Wir haben
ja soweit alles besprochen, Detective Murray." Timor
ging in Richtung der Stahltür. Nach einigen Schritten
blieb er stehen und drehte sich noch einmal um. „Ach,
und Keira, vergiss nicht, dass heute Abend eine

Versammlung stattfindet und hinterher findest du dich in meinem Büro ein!"

Keira setzte ein zuckersüßes Lächeln auf und schnurrte: "Aber natürlich, Timor. Dein Wunsch ist mir Befehl."

Als die Stahltür hinter Timor mit einem lauten Knall zufiel, standen Deacon und Keira kurz schweigend da. Dann durchbrach Keira die Stille.

"So, du untersuchst also den Fall. Wo hat man Sally gefunden?"

"Hier ganz in der Nähe, beim Thames Barrier."

"Beim Sperrwerk?"

"Ja, der Kapitän eines kleinen Ausflugsdampfers hat ihre Leiche im Wasser entdeckt." Deacon warf einen Blick in seine Aufzeichnungen.

"Weiß man schon Genaueres zur Todesursache?"

"Noch nicht." Deacon zuckte entschuldigend die Schultern. "Aber so, wie es aussieht, war es Selbstmord. Vermutlich hat sie sich in der Nacht zuvor von einer Brücke in den Fluss gestürzt. Dann wurde die Leiche flussabwärts getrieben."

"Was? Nie im Leben!", entrüstete sich Keira. "Es war bestimmt ein schrecklicher Unfall. Sally hätte sich niemals das Leben genommen!"

"Nun, alle Hinweise deuten darauf hin", entgegnete Deacon ruhig.

"Welche Hinweise?", verlangte Keira zu wissen.

"Sie hat kurz vor ihrem Tod ihren Eltern noch eine SMS geschickt, in der sie sich verabschiedet und um Verzeihung gebeten hat."

"Nein, das glaube ich nicht." Keira schüttelte energisch den Kopf.

"Du bist aufgeregt, aber die SMS wurde definitiv von Sallys Handy geschickt. Du kannst mir das ruhig glauben."

„Nein, nein und abermals nein! Sie war einfach nicht der Typ dazu, sich das Leben zu nehmen. Ich kenne Sally. Das würde sie ihrer Familie niemals antun.“

„Aha, und wie gut kanntest du sie?“

Keira zögerte. „Sie war meine beste Freundin ...“

Deacon zog eine Augenbraue hoch. „Du hast eine beste Freundin? Seit wann?“

„Na ja, früher waren wir die besten Freundinnen. Sally war jeden Tag bei uns. Sie war quasi meine kleine Schwester. Wir sind zusammen aufgewachsen. Das habe ich dir doch damals erzählt.“ Keira traten bei der Erinnerung an die vergangenen Zeiten Tränen in die Augen. „Sie war immer so fröhlich. Wir haben viel gelacht.“

Deacon nickte. „Ich erinnere mich. Hast du nicht ihrer Barbiepuppe den Kopf abgebissen, weil sie nicht mit dir spielen wollte?“

„Das war doch im Kindergarten!“, verteidigte sich Keira. „Das ist eine halbe Ewigkeit her. Seitdem hat sich einiges verändert. Danach waren wir – wie gesagt – sehr gute Freundinnen. Ich erinnere mich, wie oft wir uns gemeinsam weggeschlichen haben, um auf Partys zu gehen.“

„Aha. Dann ist es vermutlich auch dieselbe Freundin, mit der du seit deinem letzten Schuljahr nicht mehr redest, weil sie dir damals diesen Typen ausgespannt hat“, stellte Deacon seelenruhig fest.

Keira lief nervös hin und her. „Ja, na ja. Danach haben wir uns ein wenig entzweit, aber damit du es nur weißt, sie hat mir den Typen nicht ausgespannt, ich wollte ihn sowieso nicht. Außerdem spielt das doch jetzt keine Rolle. Denn ganz egal, was du auch denkst, Deacon. Ich bin mir sicher, dass Sally sich nicht umgebracht hat!“ Keira schwieg einen Moment. Sie fühlte sich schuldig, weil sie Sally so lange nicht gesprochen hatte. Nun war sie tot. „Wir hatten in der letzten Zeit vielleicht nicht mehr so viel Kontakt, aber man ändert sich doch nicht so komplett. Sally war immer ein positiver Mensch. Sie war die geborene Optimistin!"

Deacon verschränkte die Arme und sah Keira skeptisch an. „Und wie erklärst du dir dann die SMS? Das spricht nicht gerade für einen Unfall."

„Dann war es eben kein Unfall, sondern ein Mord und ihr Mörder hat die SMS verschickt. Ich spüre einfach, dass es kein Selbstmord war." Sie fühlte sich so kribbelig, dass ihr beinahe Schnurrhaare gewachsen wären, während sie vor Deacon hin- und hertigerte.

Deacon fuhr sich entnervt mit der Hand durch die Haare. „Hör mal, Kätzchen. Auch wenn Sally früher mal deine Freundin war, so hast du doch anscheinend seit Jahren keinen großartigen Kontakt mehr zu ihr gehabt. Sonst wüsstest du vermutlich, dass Sally unter schweren Depressionen litt. Ihre Eltern haben es mir erzählt. Sie hatten Sally davon überzeugt, sich in Behandlung begeben. Leider zu spät."

Keira blieb ruckartig stehen und starrte Deacon geschockt an. „Davon wusste ich nichts."

„Nein, wie solltest du auch. Glaub es oder lass es sein, Keira. Aber es war ein Selbstmord. So traurig es auch ist."

„Kann ich sie sehen?", fragte Keira mit zitternder Stimme.

Deacon schüttelte den Kopf. „Ihre Eltern haben Sally identifiziert und die Leiche ist bereits auf dem Weg in die Gerichtsmedizin."

„Ich will sie trotzdem sehen!" Trotzig reckte Keira das Kinn.

„Das halte ich für keine gute Idee. Der Leichnam ist vermutlich in die Schraube eines Schiffes gelangt. Er ist übel zugerichtet und kein schöner Anblick."

Keira spürte, wie Wut in ihr aufstieg. „Aha, und du willst mir den Anblick ersparen, oder hast du einfach Angst, du könntest Unannehmlichkeiten bekommen?“

„Rede keinen Unsinn!“, fuhr Deacon die junge Frau an.

Keira strich sich mit einer divenhaften Geste die roten Locken aus dem Gesicht. „Wer ist denn damals abgehauen, als es anfing schwierig zu werden?“

„Fang nicht wieder damit an!“, schnappte Deacon. „Ich bin aus beruflichen Gründen gegangen. Das hatte nichts mit unserer Freundschaft zu tun.“

„Natürlich nicht!“ Keiras Stimme nahm einen sarkastischen Tonfall an. „Deshalb hast du dich auch mit einer Nachricht auf meiner Mailbox verabschiedet, anstatt persönlich mit mir zu reden. Du hattest natürlich keine Angst, mir unter die Augen zu treten. Wir waren wie Geschwister und du haust einfach ab. Was ist das für eine Freundschaft, wenn du dich in all den Jahren nicht einmal gemeldet hast …“ Es tat ihr gut, ihren Zorn an Deacon abzulassen, denn ihr wurde bewusst, dass sie ihre Freundin Sally genauso im Stich gelassen hatte wie Deacon sie damals: ohne ein klärendes Gespräch. Nun war Sally tot und Keira fühlte eine Woge von unterschiedlichen Gefühlen in sich. Wut, Trauer und ein schlechtes Gewissen kämpften in ihrem Herzen miteinander.

In diesem Moment ertönte ein Handyklingeln. Deacon griff in seine Jackentasche und zog sein Smartphone raus. „Entschuldige, da muss ich rangehen.“

Keira schnaubte nur.

„Ja, hier Detective Murray. Ja, ich höre … okay, ich bin unterwegs.“ Deacon legte auf und steckte das Mobiltelefon wieder ein. „Entschuldige, ich muss los.“

„Natürlich musst du das“, sagte sie kühl. „Aber was wirst du nun wegen Sally unternehmen?“

Deacon seufzte. „Ich sagte dir doch schon, dass es sich aller Wahrscheinlichkeit nach um einen Selbstmord handelt. Natürlich werden wir noch die allgemeine polizeiliche Arbeit machen, aber im Großen und Ganzen ist der Fall so gut wie beendet."

„Und was ist mit den anderen Wandlern?", fragte Keira listig.

Deacon stockte und zog fragend eine Augenbraue hoch. „Was weißt du von den anderen Wandlern?"

Keira lächelte. Sie hatte ihn aufgeschreckt mit der Information, die ihr Othello gegeben hatte. „Man hört so einiges auf der Straße."

„Ich nehme an, du redest von Danny. Dann weißt du auch, dass er obdachlos und mittellos war. Um zu überleben, hat er kleinere Diebstähle begangen und auch mal Blut gespendet. Sein Tod war eindeutig ein Unglücksfall. Das Haus, in dem er sein Lager eingerichtet hatte, ist abgebrannt. Vermutlich ist er mit einer brennenden Zigarette eingeschlafen. Nichts deutete auf ein Fremdverschulden hin."

„Und was ist mit den anderen?", hakte Keira nach.

„Es gibt keine anderen." Deacon seufzte. „Eigentlich dürfte ich dir das alles gar nicht sagen, aber nur damit du Ruhe gibst, erzähle ich es dir. Wir haben zwar ein paar Vermisstenfälle, aber die sind noch in Bearbeitung und bisher gibt es keinen Hinweis, dass irgendwelche Gewaltverbrechen vorliegen. Eine junge Werwölfin ist beim letzten Vollmond mit einem Geliebten durchgebrannt. Sie hat ihrer Familie eine Karte aus Brasilien geschrieben. Also keine weiteren Unglücksfälle. Bist du jetzt zufrieden?"

„Wie auch immer, aber findest du es nicht merkwürdig, dass in den letzten Wochen bereits zwei Wandler ums Leben gekommen sind?"

„Nein. London ist eine große Stadt. Wir haben jeden Tag etliche Todesfälle und dass da auch mal Wandler darunter sind, ist völlig normal. Vor allem waren sie Angehörige verschiedener Spezies. Sie hatten nichts gemeinsam. Du siehst Zusammenhänge, wo keine sind."

„Ich wundere mich ehrlich, Deacon. Wie kann jemand mit so wenig Instinkt Detective Inspektor werden?"

Deacon ignorierte Keiras Spitze. „Jedenfalls sind die beiden Todesfälle abgeschlossen. Es war schön, dich wiederzusehen. Trotz allem." Er nickte ihr zu und wandte sich zum Gehen.

„Ja, geh nur. Aber ich werde Sally nicht so einfach aufgeben. Ich werde rausfinden, was wirklich passiert ist. Ob nun mit deiner Hilfe oder ohne dich!", rief Keira ihrem alten Freund hinterher. Wie konnte Deacon nur so stur sein und ihren Worten keinen Glauben schenken?

Keira warf sich auf einen Ledersessel und legte die Beine über die Lehne. Sie überlegte eine Weile, wie sie weiter vorgehen sollte, bis sie zu dem Entschluss kam, dass sie auf jeden Fall Einblick in die Ermittlungsakte brauchte. Sie wusste auch schon, wie sie es anstellen wollte. Beflügelt von ihrem Plan sprang sie auf die Beine und machte sich auf den Weg.

KAPITEL 4

„Amordämon der ersten Sektion von London", donnerte einer der bleichen Herren mit drohender Stimme. „Ihr seid angeklagt, gegen die Regel 111 b, Absatz 2, Artikel 7 des Almaraakqun verstoßen zu haben."

„Was ist ein Allmaraakdingsbums?", zischte Aimée Cyrus zu.

„Das große Regelbuch aller Dämonenrassen. Jede Regel darin ist quasi ein Gesetz für uns Dämonen", antwortete er leise.

„Ruhe!", herrschte der bleiche Herr Cyrus an und fuhr fort: „Erschwerend kommt hinzu, dass Ihr Euch dem menschlichen Subjekt auf eindeutige körperliche Art genähert habt, wie es Dämonen Eurer Gattung untersagt ist. In heimtückischer und übelster Weise habt Ihr vorsätzlich gegen die Gesetze des Rates gehandelt. Ihr habt nicht nur Gefühle zugelassen, sondern diesen auch noch nachgegeben, indem Ihr diese verbotene Vereinigung vollzogen habt. Ich beantrage somit, die besondere Schwere der Tat anzuerkennen und die höchstmögliche Strafe zu verhängen."

Zustimmendes Gemurmel ging durch die Reihen der anwesenden Ratsmitglieder. Aimée schaute entsetzt in die Runde. Das sollte ein fairer Prozess sein? Wie es schien, war das Urteil schon so gut wie gefällt.

Cyrus trat einen Schritt vor. „Ich bitte den Rat darum, mich erklären zu dürfen."

„Nein", dröhnte der bleiche Herr. „Ihr seid unwürdig, vor diesem hohen Rat zu sprechen!"

„Aber wie soll er sich denn verteidigen?", rief Aimée dazwischen. Der Dämon ignorierte sie und ging an seinen Platz zurück, ohne ein weiteres Wort an sie zu richten.

Nun trat ein anderer Herr vor und erhob die schrille Stimme. „Wir sind in Kenntnis aller Fakten. Wir brauchen keine weiteren Erklärungen. Die Regeln sind gebrochen worden. Die Regeln sind immer einzuhalten. Es gibt keine Ausnahmen. Wir erkennen die besondere Schwere an und wir sprechen das Urteil."

Cyrus presste die Lippen aufeinander und sagte kein Wort. Er schien sich in sein Schicksal fügen zu wollen, doch Aimée wollte diese Farce, die als Gerichtsverhandlung getarnt war, nicht so einfach hinnehmen. „Was soll das für eine Verhandlung sein, wenn es überhaupt keine Verteidigung gibt?", fuhr sie den Herrn mit der schrillen Stimme an.

Der Wackelpudding blubbert laut los. Auch die anderen Ratsmitglieder stießen Laute des Unmuts aus. Der Herr mit der schrillen Stimme ergriff wieder das Wort: „Sie hat nicht das Recht zu sprechen. Sie ist nur ein Mensch. Der Rat erweist ihr die große Ehre, bei der Urteilsverkündung anwesend zu sein."

Aimée war kurz davor die Fassung zu verlieren und auf dieses unfreundliche Wesen loszugehen, doch vermutlich würde dies die Strafe nur noch höher treiben. So biss sie sich auf die Lippe und schwieg. Cyrus zog Aimée schützend an sich. Auch er schwieg. Für einen Moment herrschte eine unerträgliche Stille, dann trat der nächste Herr vor.

„Der Rat hat entschieden, Euch den Titel des Amor der ersten Sektion abzuerkennen. Ihr werdet nie wieder als Amor tätig sein, weder in der Welt der Menschen, noch in irgendeiner anderen Dämension. Zudem glaubt der

Rat, dass Läuterung dieser abartigen Neigung zu Gefühlen notwendig ist. Ihr werdet zum Nachdenken 10.000 Jahre in der Wüste des ewigen Schweigens verbringen."

„Was?!", schrie Aimée und löste sich von Cyrus. „Er kann doch nichts für seine Gefühle, wieso gebt ihr ihm alle die Schuld? Was seid ihr nur für grausame Wesen!" Aimée sah hilfesuchend zu Ferox, doch dieser schüttelte nur betrübt den Kopf.

Panik befiel Aimée. Was konnte sie nur tun, um Cyrus zu retten? Ihre Gedanken drehten sich wie wild in ihrem Kopf. *Denk nach!*, forderte sie sich im Geiste immer wieder auf. Es musste doch etwas geben, was sie tun konnte. *Regeln! Die Dämonen leben streng nach ihren Regeln und die Strafen für Regelbruch sind höllisch*, schoss es ihr durch den Kopf. Aber Cyrus hatte ihr damals erzählt, dass Artkis Ramschus alle Regeln kannte und immer wieder umging. Dann musste es doch auch eine Lösung für dieses Problem geben. *Es muss einfach!*, flehte Aimée in Gedanken. Plötzlich fiel ihr ein, was Cyrus ihr erzählt hatte. „Außerdem bestraft ihr damit auch mich und das dürft ihr nicht!"

Ein Raunen ging durch den Rat.

„Amordämon, Euer Mensch zeigt keinen Respekt vor dem Rat und seinen Entscheidungen!", wütete der erste Herr. „Ihr habt sie zurechtzuweisen."

„Mit allem nötigen Respekt, hoher Herr, aber ich habe weder die Macht noch den Wunsch, meiner Geliebten den Mund zu verbieten. Außerdem hat sie recht. Ihr dürft mit mir verfahren, wie ihr wollt, aber sie dürft ihr nicht nach euren Regeln bestrafen."

„Ihr wagt es ...", donnerte der Dämon und für einen Moment flackerte seine Tarnidentität. Aimée blieb der Mund vor Schreck offen stehen, als sie das grauenvolle Antlitz des Dämons sah. Er war spindeldürr. Seine kohlrabenschwarze Haut lag in schrumpeligen Falten, während die langen Gliedmaßen lackartig glänzten. Er besaß keine Augen, sondern nur zwei leere Höhlen. Obwohl Aimée diesem Anblick nur für Sekundenbruchteile ausgesetzt war, war sie sich sicher, ihn nie wieder vergessen zu können. Der Dämon stieß ein tiefes Grollen aus.

Ferox trat vor und unterbrach mit einer knappen Handbewegung den wütenden Dämon. „Der Amor spricht wahr. Auch wenn sie als Gefährtin des Amordämons nun Teil unserer Welt ist und unsere Regeln ebenfalls beachten muss, liegt es nicht in unserer Hand, sie zu bestrafen. Allerdings habe ich als erster Sprecher das Recht, das Strafmaß abzumildern und möchte ein paar Worte zugunsten des Amordämons sagen. Er hat sich das Menschenmädchen nicht aktiv ausgewählt. Sie kam über Artkis Ramschus in die Wohngemeinschaft. Wir alle wissen, dass Artkis nach seinen eigenen Regeln spielt. Zudem verfügt Aimée über die besondere Gabe, Energien zu bündeln. Vielleicht konnte der Amordämon in seinem Wunsch, dieses Mädchen zu schützen, seine Gefühle nicht kontrollieren, da sie die Gefühle verstärkt hat. Wir sollten das Mädchen zudem schützen und nicht an die feindlichen Engel verlieren. Ich beantrage, die Strafe dahingehend zu ändern, dass der Amor nur 1.000 Dämonenjahre in der Wüste des ewigen Schweigens verbringt."

Aimée sog scharf die Luft ein. Was machte es schon für einen Unterschied, ob es 1.000 oder 10.000 Jahre wurden? Sie würde Cyrus nie wiedersehen.

Ferox wandte sich ihr zu und erklärte: „Hier vergeht die Zeit anders. 1.000 Dämonenjahre in der Wüste des ewigen Schweigens entsprechen in der Menschenwelt 10 Jahre. Euch beide verbindet anscheinend eine starke Liebe, die sich über alle Regeln hinweggesetzt hat. Ihr solltet die Gelegenheit haben, uns davon zu überzeugen, dass diese Gefühle zwischen Dämon und Mensch etwas Besonderes sind. Wenn dein Amor dich nach dieser Zeit noch liebt und auch du ihm die Treue gehalten hast, sollte der Rat eure Liebe anerkennen und euch seinen Segen geben. Außerdem erwarten wir, dass du in der Zwischenzeit deine Gabe beherrschen lernst und in unsere Dienste stellst. Dann sollst du in unsere Gemeinschaft aufgenommen werden."

Aufgeregte Stimmen wurden laut. Die bleichen Herren redeten in unterschiedlichen Sprachen aufeinander ein und der grüne Wackelpudding blubberte am Rand vor sich hin. Die anderen Ratsmitglieder schienen ihn völlig zu ignorieren. Nach einer gefühlten Ewigkeit nahmen die Dämonen wieder in einem Halbkreis vor Aimée und Cyrus Aufstellung.

„Dem Antrag des großen Ferox wurde stattgegeben", verkündete der gruselige Dämon mit der schrillen Stimme. „Die Strafe wird nach seinem Maß verhängt. Zudem gewährt euch der Rat in seiner unendlichen Güte drei weitere gemeinsame Tage und Nächte, bevor der Amordämon seine Strafe anzutreten hat. Und Euch, Mensch, ist die Aufgabe übertragen worden, während dieser Zeit Eure Gabe zum Wohlgefallen des Rates zu verfeinern. Dazu stellt Euch der Rat einen dämonischen Mentor zur Seite, der Euch begleitet und anleitet."

„Ein Trainer?", entfuhr es Aimée. „Wie kann mich ein Dämon trainieren, wenn nicht mal ihr genau wisst, was es mit meiner ‚Gabe' auf sich hat?"

Der Dämon warf Aimée einen vernichtenden Blick zu. Es war ihm anzusehen, dass er sie für anmaßend und undankbar hielt. Bevor die Situation eskalieren konnte, trat Ferox erneut vor und sagte feierlich: „Das Urteil wurde gesprochen und vom Rat abgesegnet. Nehmt ihr den Spruch des Rates an?"

Aimée zögerte und blickte zu Cyrus, der ihr zunickte.

„Wir nehmen den Spruch des Rates an", antwortete Cyrus.

Kaum hatte er die Worte gesprochen, verwandelten sich die Ratsmitglieder wieder in Wirbelstürme und rasten dem Horizont entgegen. Nur Ferox blieb vor Cyrus und Aimée stehen. Er neigte sein mächtiges Haupt zur Seite. „Eine weise Entscheidung von euch, das Urteil anzunehmen."

Cyrus schüttelte traurig den Kopf. „Wir hatten keine andere Wahl."

Aimée schnaubte. „Diese Verhandlung war eine Farce. Das muss ich dir schon sagen, Ferox."

Ferox lächelte milde. „Mir ist durchaus bewusst, dass 10 Jahre in einem Menschenleben sehr lang sind, aber wenn eure Liebe so stark ist, wie ihr uns glauben machen wollt, werdet ihr diese Zeit überstehen. Die drei Tage habe übrigens ich durchgesetzt." Er zwinkerte ihnen zu. „Nutzt sie weise! Cyrus wird etwas brauchen, an das er in 1.000 Dämonenjahren denken kann, um nicht den Verstand zu verlieren und du, liebe Aimée, wirst etwas brauchen, für das es sich zu kämpfen lohnt. Vor allem, weil die Auswahl deines Trainers nicht in meiner Macht steht. Das war der Preis für diese Zeit. Lebt wohl. In drei Tagen werde ich dich hierher zurückholen, Cyrus."

Bevor einer der beiden noch etwas sagen konnte, begann der Boden um sie herum zu leuchten und ein starker Sog erfasste sie. Hastig ergriff Cyrus Aimées Hand und sie fielen in die Tiefe.

***

Frustriert saß Keira in ihrer Katzengestalt am Victoria Embankment vor dem New Scotland Yard. Bereits dreimal war sie als Katze in das Gebäude eingedrungen und hatte sich auf die Suche nach den Ermittlungsakten gemacht. Im Gewirr von Beinen und Menschen war zunächst alles glatt gelaufen, doch jedes Mal, wenn sie in die wichtigen Bereiche vordrang, war sie irgendwann von einem Beamten aufgegriffen und wieder auf die Straße befördert worden. Beim letzten Mal wollte ein Polizist sogar das Tierheim anrufen. Was Menschen nur immer mit diesen Tierfängern hatten?

Keira leckte sich ausgiebig die Pfote und fuhr damit über ihr rechtes Ohr. Wie konnte sie an die relevanten Daten gelangen? Als Katze jedenfalls nicht, so viel stand fest. In ihrer Menschengestalt würde sie ebenfalls nicht weit kommen. Deacon wusste, dass Keira hinter den Informationen her war. Er würde sich nicht von ihr überrumpeln lassen. Dann kam Keira ein Gedanke und ihre Schnurrhaarkissen vibrierten vor Aufregung. Sie würde sich wohl doch eher outen als geplant.

Als Keira wenig später vor Jeremys Haus aus dem Taxi stieg, dämmerte es bereits. Die Abendluft war lau und eine süße Melancholie lag über der Stadt. Von einer Bar an der Ecke klangen Stimmen und Musik herüber. In einigen Häusern brannten bereits Lichter. Die Fenster in dem Haus, in dem Jeremy wohnte, waren jedoch dunkel. Keira ahnte den Grund.

Sie schlug die Taxitür zu und ging über die Straße zum Haus mit der Nummer 17. Zu allem Ärger war die Haustür abgeschlossen. Keira studierte die Klingelschilder. Natürlich stand Jeremys Name nicht dran und so drückte sie einfach auf jeden vorhandenen Klingelknopf. Sie wartete ungeduldig einige Minuten, aber nichts geschah.

„Verdammter Mist!", fluchte Keira. Eigentlich hatte sie ihm als Mensch gegenübertreten wollen. Sie hatte extra ihr Kleiderversteck mit dem eleganten, dunkelgrünen Kleid aufgesucht, um so attraktiv wie nur möglich auszusehen. Schließlich wäre die Verwandlung von einer Katze in eine unbekleidete Frau vor seinen

Augen vielleicht ein wenig übertrieben, aber jetzt blieb ihr nichts anderes übrig.

Vor dem Nachbarhaus, das ebenfalls unbeleuchtet war, befand sich ein winziger Vorgarten. Dort stand ein dichter Busch. Keira seufzte und schlüpfte kurzentschlossen aus dem Kleid, verstaute ihre Sachen in ihrer Umhängetasche und deponierte die Tasche unter dem Buchsbaum. Danach hockte sie sich selber hinter den Busch und verwandelte sich.

Auf leisen Pfoten lief sie einige Häuser weiter, bis sie eine geeignete Stelle fand, an der sie durch ein schmales Tor in einen Hinterhof gelangte. Hier stand ein hoher Baum, über den sie schon bei ihrem ersten Besuch auf das Dach gelangt war.

Keira balancierte geschickt über den Dachfirst auf Jeremys Wohnung zu. Das Dachfenster zur Hofseite war geöffnet und hier fiel ein Lichtschein in die Dämmerung. Dieses Mal war keine andere Katze zu sehen. Auch Othello nicht.

Keira sprang elegant durch das Fenster und landete auf Jeremys Schlafsofa, das ordentlich zusammengeklappt war. Jeremy war nicht zu sehen, aber sie hörte seine Schritte. Er kam mit einem Glas Wasser aus der Küche. Als er sie auf seinem Sofa entdeckte, verzog er den Mund zu einem leisen Lächeln. „Da bist du ja wieder, meine Schöne."

„Mau", antwortete Keira. Sie streckte sich lang auf dem Sofa aus und zeigte Jeremy ihren Bauch. Er setzte sich sofort neben sie und begann die kleine Katze zu streicheln. Keira schnurrte und genoss für einen Augenblick seine Zärtlichkeit. Jeremy trug eine elegante graue Hose und ein weißes Hemd, das er leger offen trug, sodass seine blasse Brust zu sehen war. Keira konnte nicht widerstehen und rieb ihren Kopf an ihm. Er duftete so verführerisch.

„Hast du Hunger, meine Süße? Bestimmt hast du Hunger. Ich habe frischen Lachs für dich. Warte, ich hole ihn dir." Jeremy stand auf und ging erneut in die Küche. Keira sah ihm nach und seufzte innerlich. Wenn sie ihn um Hilfe bitten wollte, musste sie nun endlich den Mut finden, sich ihm als Mensch zu präsentieren. Wie er wohl reagieren würde? Keira atmete tief durch und versuchte das aufgeregte Pochen ihres Herzens zu ignorieren. Sie schloss die Augen und konzentrierte sich. Ein leichter Wind umwehte sie und schon lag sie in ihrer ganzen weiblichen Pracht auf seinem Sofa.

„Weißt du, ich war jeden Tag auf dem Borough Market und habe frischen Lachs gekauft. Ich wusste ja nicht, wann mein Leckermäulchen wiederkommt", rief Jeremy aus der Küche. Dann kam er mit einem Teller in der Hand zurück ins Zimmer. „Aber jetzt bist du ja wieder da und ..." Er erstarrte, als er sie entdeckte.

„Das wäre wirklich nicht nötig gewesen, Jeremy", schnurrte Keira und klimperte mit den Wimpern.

Es klirrte, als Jeremy der Teller aus der Hand fiel.

Keira stand auf und ging mit wiegendem Schritt auf Jeremy zu. „Oh, schade um den schönen Lachs", sagte sie mit samtweicher Stimme.

„Ich ... ich habe noch mehr davon", stammelte Jeremy verwirrt.

Keira lächelte. „Das ist sehr verlockend, aber hast du vielleicht vorher etwas zum Anziehen für mich? Es ist etwas frisch ohne Fell."

„Oh, ja natürlich." Jeremy sah sich hektisch im Zimmer um und gab Keira schließlich sein graues Jackett, das ihr bis zu den Oberschenkeln reichte. Sie kuschelte sich darin ein.

Wenig später saßen die beiden zusammen in der Küche und tranken Ingwer-Tee, den Jeremy zubereitet hatte. Er schüttelte den Kopf und musterte sie nachdenklich.

„Ich kann es immer noch nicht fassen, dass du eine Gestaltwandlerin bist.“

„Bist du enttäuscht?“ Keira blickte gespannt in seine grauen Augen.

„Nein, das wollte ich damit nicht sagen. Es ist nur so unerwartet.“

„Ich weiß.“ Keira seufzte.

„Wieso hast du dich mir nicht früher offenbart?“

Keira starrte in ihre Teetasse. „Schwierig zu sagen. Ich hatte Angst vor deiner Reaktion und außerdem war es schön, dir so nahe zu sein. Ich habe befürchtet, du schickst mich weg, wenn du erfährst, dass ich auch ein Mensch bin. Du scheinst nicht viel von ihnen zu halten.“

Jeremy senkte traurig den Blick. „Nein, ich mag die Menschen. Jedenfalls die meisten von ihnen. Es ist nur so, dass sie mich – nun ja – nicht wirklich lange ertragen können, wie du weißt. Aber bei dir scheint meine Aura nicht zu wirken?“

Keira zuckte mit den Schultern. „Ich bin eben genauso eine Katze, wie ich ein Mensch bin.“

„Ich verstehe. Möchtest du noch Tee?“

Keira nickte und Jeremy goss ihr nach. Beide nippten an ihrem Tee, dann dämmerte es Jeremy: „Du hast mich nackt gesehen!“

„Na und, du mich ja nun auch. Du hast sogar meinen Bauch gekrault.“ Keira zwinkerte ihm zu. „Und das nicht nur einmal.“ Nach einer kleinen Pause fügte sie leise hinzu: „Es war immer schön, mit dir zu schmusen.“

Jeremy schien erneut verlegen. Er stand auf, wühlte im Schrank und förderte Ingwerplätzchen zutage. „Hier, die passen besser zum Tee als roher Lachs.“

„Danke.“ Keira lächelte und griff nach einem der Plätzchen.

Jeremy setzte sich wieder. „Aber was mich wirklich interessiert, ist, was hat sich geändert? Wieso hast du mich ausgerechnet heute in dein Geheimnis eingeweiht?"

„Ich brauche deine Hilfe. Du bist der Einzige, der dazu in der Lage ist und dem ich vertraue."

„Worum geht es?"

Keira holte tief Luft. „Wir müssen bei Scotland Yard einbrechen und Informationen stehlen."

Jeremy legte den Kopf schief. „Das klingt ja mal interessant. Um was für Informationen handelt es sich denn?"

„Ich glaube, dass meine Freundin Sally ermordet wurde. Sie war auch eine Wandlerin. Die Polizei will die Sache als Selbstmord zu den Akten legen, aber wenn sich meine Befürchtungen bewahrheiten, könnte es sich sogar um mehr als nur einen Mord handeln. Es sind vermutlich mehrere Wandler verschwunden. Ich brauche also alle Informationen aus Sallys Akte und am besten noch alle Vermisstenfälle der letzten drei Wochen. Also, wie sieht es aus, bist du dabei?"

Jeremy blickte einen Moment nachdenklich in seine Teetasse, dann sah er Keira an.

„Ich weiß nicht, ob du mit deiner Theorie recht hast. Aber auch wenn ich deine Menschengestalt erst heute kennengelernt habe, so bist du doch als Katze schon so lange meine Freundin und ich bin immer für meine Freunde da. Jederzeit. Du kannst also auf mich zählen." Jeremy schenkte ihr ein zaghaftes Lächeln. Keira bemerkte, dass in seinen Augen zum ersten Mal, seit sie ihn kannte, etwas anderes lag als Traurigkeit.

„Prima, dann lass uns gleich losfahren."

„Warte, eins muss ich noch wissen. Sind noch mehr ... ich meine, sind unter den Katzen, die mich besuchen, noch mehr Gestaltwandler? Ich ... ähm, ich würde mich doch etwas seltsam fühlen bei dem Gedanken, wenn mich ... also ..."

Keira lachte glockenhell auf. „Nein, mach dir keine Gedanken. Ich bin die Einzige. Also, soweit ich weiß."

„Wie beruhigend", murmelte Jeremy.

***

„Endlich!", jubelte der Wissenschaftler. „Sehen Sie, Bruce. Bei dem Probanden entwickeln sich unter der Serumgabe nicht nur Facettenaugen, sein Körper ist auch stark genug, selbst hohe Dosen der Infusion zu überstehen. Er ist in Wandlung befindlich und überlebt die bisherige Therapie."

Bruce, der junge Assistent, zog die Stirn kraus. Er starrte auf den schwitzenden Mann mit den riesigen Insektenaugen. Dem fixierten Probanden wuchsen zwei fühlerartige Gebilde aus dem Kopf.

„Geben Sie noch eine weitere Ampulle in die Infusion", wies der Wissenschaftler seinen Assistenten an. „Sehr schön! Das ist der Durchbruch! Ich spüre es. Wir brauchen jetzt nur noch die entsprechenden Faktoren zu extrahieren. Dann können wir mit dem Gegenexperiment starten."

„Das mag sein, Doktor, aber soweit ich unseren Auftraggeber verstanden habe, wollte er für die Experimentreihe nur Säugetierwandler."

„Unsinn, Bruce. Wie sagte mein alter Mentor an der Cambridge Universität immer, für die Erfolge im Kampf und in der Wissenschaft muss man bereit sein, auch Umwege zu gehen!"

KAPITEL 5

*Ohne ein paar Katzenhaare ist man nicht richtig an-
gezogen.*
Keira

„Also ich habe es mir folgendermaßen gedacht ...", begann Keira ihren Plan darzulegen. „Du verwandelst
dich in Rauch und dringst in das Gebäude ein. Du musst
das Büro von Detective Inspektor Deacon Murray finden. Dort sollte die Akte zu dem Fall Sally Taylor zu finden sein, er bearbeitet ihn. Durch deine Aura sollte es
dir gelingen, genug negative Energie unter den Beamten freizusetzen, dass sie mit sich beschäftigt sind. Ich
würde dann – zur Sicherheit – in meiner Katzengestalt
nachkommen. Gemeinsam können wir das Büro
durchsuchen."

Jeremy nickte. „Wie hoch ist die Chance, dass dieser
Detective Murray in seinem Büro ist?"

„Nicht sehr hoch. Er hat den ganzen Tag heute Dienst
gehabt und muss ja auch mal Feierabend haben. Aber
wenn, musst du ihn natürlich loswerden."

„Natürlich", wiederholte Jeremy. „Ich denke, es wäre
auch gut, wenn wir uns seinen Computer anschauen.
Du hast mir ja berichtet, dass noch mehr Gestaltwandler verschwunden sind. Die Fälle wird dieser Detective
wohl nicht alle bearbeiten, aber bestimmt hat er einen
Zugang zu den Datenbanken, wo wir Informationen
finden könnten."

Keiras Augen leuchteten voller Begeisterung. „Ich
wusste, du bist der richtige Mann für diesen Job!" Sie
sprang von ihrem Platz auf und ließ Jeremys Jackett

auf den Küchenstuhl fallen. So stand sie erneut völlig unbekleidet vor ihm. „Ich denke, wenn wir zum Scotland Yard fahren, sollte ich dich schon jetzt als Katze begleiten."

Jeremy knöpfte sein Hemd zu und griff nach dem Jackett. Er streifte es über, während Keira sich in ihre Katzengestalt zurückverwandelte. Dann ging er zu einer Schublade und nahm ein Stück Kreide heraus. „Wir sollten für die Fahrt kein Menschentaxi nehmen. Unser Fahrer würde vermutlich nur ein Verkehrschaos auslösen."

Die beiden verließen ungesehen das Haus und huschten in eine dunkle Seitenstraße. Jeremy bestellte ein Dämonentaxi, indem er mit der Kreide ein paar Zeichen auf den Asphalt malte. Augenblicke später bog ein silberner Rolls-Royce in die Straße ein. Galant zog Jeremy die Tür auf und Keira hüpfte auf den Rücksitz. Vorne saß eine gewichtige Dame. Sie war in eine bunte Kittelschürze gekleidet und trug ein geblümtes Kopftuch über den Haaren. Darunter bewegte es sich verdächtig.

„Hallo, Medusa de la Rocca, wie ist das werte Befinden?", erkundigte sich Jeremy beim Einsteigen.

„Ja, muss! Also, willste quatschen, oder kann ich euch zwei Hübschen irgendwohin fahren?", röhrte die Dame mit verrauchter Stimme. Hastig schob sie eine kleine Schlange unter ihr Kopftuch zurück.

„Wir müssen zum New Scotland Yard", sagte Jeremy.

Medusa de la Rocca zog eine Augenbraue hoch und gab Gas. „Sehr wohl, die Herrschaften. Ganz wie die Herrschaften wünschen."

Während sich der Rolls-Royce seinen Weg durch die nächtlichen Straßen von London bahnte, erkundigte Jeremy sich: „Wo steckt eigentlich Daniel?"

„Der hat heute keinen Dienst. Ist mit seinem Dritt-Job beschäftigt."

„Ein Dritt-Job?"

„Ja, seine große Leidenschaft. Auftragskiller", erklärte Medusa.

„Aha."

Der Rest der Fahrt verlief schweigend. Keira hätte sich gern auf Jeremys Schoß zusammengerollt, wie sie es sonst immer getan hatte, aber nachdem er nun wusste, dass sie keine einfache Katze war, traute sie sich nicht. Also saß sie ganz brav neben ihm, bis der Wagen in der Nähe des Yards hielt.

„Wollt ihr hier aussteigen, oder soll ich euch direkt davor absetzen?"

„Nein, hier ist perfekt." Jeremy reichte Medusa einen Speicherstick. „Hier sollten noch genug Einheiten für die Fahrt drauf sein."

Medusa de la Rocca schob den Stick in eine dafür vorgesehene Öffnung. Schnell ratterten Daten auf ein Display, welches in das Armaturenbrett eingelassen war.

„Danke, die Herrschaften. Beehren Sie uns bald wieder", krächzte Medusa, als sie Jeremy den Stick zurückgab.

Einige Zeit später saß Keira nervös auf der kleinen Mauer der Metropolitan Police. Sie blickte abwechselnd auf das sich drehende Schild mit der Aufschrift „New Scotland Yard" und das gegenüberliegende Themseufer, wo das London Eye mit seiner abendlichen Beleuchtung alle Blicke auf sich zog. Keira überlegte, wie es wohl sein würde, wenn sie einmal zusammen mit Jeremy eine Fahrt machen würde. Diese Vorstellung hatte etwas ungemein Romantisches an sich.

In diesem Augenblick stürmte ein Polizist aus dem Gebäude. „Wisst ihr was? Ihr könnt mich alle mal! Ich kündige!"

Es ist Zeit, dachte Keira und machte sich auf den Weg. Jeremys Spur durch den Yard war nur zu eindeutig. Zwei Beamte schrien sich gegenseitig an, wer die letzte

Tasse Kaffee genommen hatte. Ein festgenommener Mann wütete umher und musste von mehreren Polizisten festgehalten werden, überall herrschte eine Atmosphäre von Wut und Gereiztheit. Die Lampen schienen nicht genug Licht zu spenden, um all die dunklen Schatten in den Gängen zu vertreiben.

Keira folgte auf leisen Pfoten dieser Spur. Diesmal hielt sie niemand auf, alle waren mit sich selbst beschäftigt. Nach einiger Zeit kam sie bei einigen Polizisten vorbei, die auf einen Snackautomaten eindroschen. In diesem Moment stürmte Deacon auf die Kollegen zu.

„Was ist hier los?", schrie er. Schnell drückte sich Keira in eine Ecke, doch Deacon hatte sie anscheinend nicht bemerkt. Er packte einen der Männer am Kragen und schüttelte ihn. Keira hastete in die Richtung, aus der Deacon gekommen war, und fand schnell sein Büro. Die Tür war nur angelehnt und sie huschte hindurch. Drinnen entdeckte sie eine dunkle Rauchwolke in einer Ecke des Büros. Sie maunzte und die Wolke verwandelte sich in Jeremy. Auch Keira nahm ihre menschliche Gestalt an. Jeremy reichte ihr wortlos sein Jackett.

„Wir sind ein klasse Team." Keira grinste.

Er nickte. „Dieser Detective Murray scheint ein Workaholic zu sein. Er arbeitet immer noch."

„Ja, ich habe ihn eben auf dem Gang gesehen. Wir sollten uns beeilen. Wer weiß, wann er zurückkommt."

„Dann schlage ich vor, du untersuchst den Aktenschrank dort drüben und ich werde mich auf dem PC umsehen. Zum Glück hat der Detective bei all dem Trubel vergessen, den Rechner in den Ruhemodus zu schalten. Das Programm läuft noch."

Die beiden machten sich umgehend an die Arbeit. Keira wühlte sich hektisch durch die vorhandenen Akten.

„Nichts!", schimpfte sie kurz darauf. „Nur Bagatell-
fälle. Diebstähle und ähnliches."

„Aber ich glaube, ich habe etwas gefunden", rief Jeremy erfreut. „Anscheinend hat unser Detective gerade
erst einige Vermisstenfälle überprüft. Die Vermissten-
datei ist auf. Mal sehen, ob ich im Verlauf finde, wo-
nach er gesucht hat ... Ha! So wie es aussieht, hat er sich
Fälle angesehen, die in den letzten Wochen gemeldet
wurden."

„Schnell, notier dir die Namen und Adressen", forderte Keira ihn auf.

„Mist!", entfuhr es Jeremy. Er deutete auf den Bildschirm. Dort blinkte plötzlich ein Eingabefeld „Autori-
sierungs-Code".

„Und was machen wir jetzt?", fragte Keira.

„Zuerst einmal erklären, was ihr in meinem Büro zu
suchen habt!"

Keira fuhr ertappt herum und starrte zu Deacon. Er
stand in der Tür und sah ausgesprochen sauer aus.

„Hallo, Deacon", schnurrte Keira. „Nun, wir unterstützen dich bei deiner Arbeit. Zumindest sollte es deine Arbeit sein. Aber wenn ich recht sehe, hast du zumindest
dahingehend auf mich gehört und die anderen Vermisstenfälle überprüft. Was hast du herausgefunden?"

Deacon stemmte die Hände in die Hüften. „Ich fasse
es nicht. Du schleichst dich halbnackt in mein Büro,
dazu noch in Begleitung eines verfluchten Dämons,
schnüffelst in meinen Unterlagen herum und willst
von mir dann auch noch vertrauliche Ermittlungsda-
ten haben?"

„Deacon, bitte! Es ist doch offensichtlich, dass etwas
an dem Fall faul ist. Du wolltest mir ja nicht helfen.
Was sollte ich denn tun?"

Jeremy sah Keira fragend an und runzelte die Stirn.
„Ihr duzt euch?"

Keira senkte verlegen den Blick. „Wir kennen uns von früher."

„Aha, und du hast ihm auch von mir erzählt?", fragte Jeremy vorsichtig.

„Nein, das habe ich nicht", antwortete Keira wahrheitsgemäß.

„Ich bin eben ein guter Ermittler!", mischte sich Deacon ein. „Ich habe gleich gespürt, dass hier etwas nicht stimmt. Die Vorgänge da draußen konnten keine natürliche Ursache haben." Deacon machte ein paar Schritte auf Keira zu. „Was hast du dir nur dabei gedacht, einen Dämonen mit in den Yard zu bringen? Und dann auch noch einen Schwarzen Mann? Er ist das abgrundtief Böse! Was wird der Clan dazu sagen, dass du dich mit solchem Abschaum rumtreibst?"

„Hallo Detective, ich bin weiterhin anwesend und außerdem nicht böse. Ich erwecke nur die dunkle Seite der Seele in den Menschen", klärte Jeremy mit kühler Stimme auf.

„Ich sehe da keinen Unterschied. Meine Kollegen da draußen sind alles gute Männer und Ihretwegen gehen sie sich gegenseitig an die Gurgel. Wie sollen wir so noch effektiv arbeiten?"

Jeremy verschränkte die Arme. „Wenn sie wirklich so gut wären, würden sie sich nicht gegenseitig angreifen."

„Hören Sie, Dämon ..."

„Okay, machen wir einen Deal", fiel Keira ihm ins Wort. „Wir verlassen das Gebäude, aber du begleitest uns und gibst uns die Informationen, die wir brauchen, um die Sache weiter zu verfolgen", schlug Keira vor.

Deacon fuhr sich genervt durch die Haare. „Wie stellst du dir das vor? Ich kann euch nichts sagen."

In Keiras Gesicht spiegelte sich die Enttäuschung. „Also verrätst du unsere Freundschaft schon wieder, wie damals, als du einfach abgehauen bist. Sally ist nicht freiwillig in den Tod gegangen. Du musst mir glauben! Und die verschwundenen Wandler lassen mich auch nicht an einen Zufall glauben. Sechs wurden vermisst und zwei sind bereits tot ..."

„Drei", bemerkte Deacon erschöpft.

„Wie bitte?"

„Ich sagte, es sind bereits drei tot", wiederholte Deacon.

„Ist das sicher?"

Deacon nickte. „Leider ja. Das habe ich vorhin überprüft. Es gibt noch einen weiteren toten Wandler, einen gewissen Benjamin Jones."

„Ich denke, Sie sollten uns jetzt wirklich nach draußen begleiten", bemerkte Jeremy trocken.

Deacon seufzte und griff sich seine Lederjacke. „Ich wollte sowieso für heute Feierabend machen."

Wenig später kehrte im Scotland Yard wieder Frieden ein und die drei schlenderten am Themseufer entlang. Es war spät geworden und obwohl der Verkehr weiterhin die Straßen entlangfloss, waren sie die einzigen Spaziergänger. So bemerkte niemand, dass Keiras vermeintlich sehr kurzes Kleid nur ein Jackett war. Sie liefen in Richtung Royal Air Force Memorial.

„Der dritte Tote war ein Wer-Tiger, also keiner, den man so leicht überrumpeln konnte", berichtete Deacon. „Dennoch ist er vor etwa vier Wochen verschwunden. Vor einigen Tagen wurde er tot aufgefunden. Er hatte in der Nacht einen Autounfall nahe Epping Forest. Die zuständigen Kollegen gehen von einem Sekundenschlaf aus. Sein Auto kam von der Straße ab und stieß gegen einen Baum. Der Wagen brannte vollständig aus."

„Und seine Leiche?", hakte Keira nach.

„Du weißt schon, dass ich euch diese Informationen eigentlich gar nicht geben darf."

„Deacon, komm schon. Jetzt fang nicht wieder damit an." Keira strich sich eine rote Haarsträhne aus dem Gesicht.

„Ach, was soll's ... Die Leiche war vollständig verbrannt. Man hat sie anhand des Zahnstatus identifiziert."

„Also noch ein Unfall", kommentierte Jeremy.

„So sieht es jedenfalls aus, aber ehrlich gesagt, finde ich das auch recht merkwürdig", gab Deacon zu.

„Habt ihr bei dem Toten denn irgendetwas Auffälliges gefunden?", wollte Keira wissen.

„Nein. Was hätten wir denn deiner Meinung nach finden sollen?"

„Na ja, etwas, das erklärt, warum er wochenlang verschwunden war."

„Nein, da war nichts. Autoschlüssel, Brieftasche mit verkohlten Resten seines Führerscheins, Kreditkarten, Blutspendeausweis und so'n Zeugs eben. Nichts Besonders. Wie gesagt, es war auch alles ziemlich verbrannt."

„Wenn ich mich recht erinnere, ist Danny doch auch durch ein Feuer umgekommen und Sally angeblich durch eine Schiffsschraube verunstaltet. Alle Toten waren also fast unkenntlich", fasste Keira zusammen.

Deacon nickte. „Gehen wir einen Moment davon aus, dass es sich nicht um Unglücksfälle, sondern um geplante Morde handelt, dann ..."

„Dann versucht nicht nur jemand die Morde als Unglücksfälle zu tarnen, sondern sorgt auch dafür, dass die Leichen möglichst unkenntlich sind", führte Jeremy den Gedanken fort. „Die Frage ist, warum?"

„Damit man die Identität der Opfer nicht so schnell rausfindet?", mutmaßte Keira.

Deacon zuckte mit den Schultern. „Möglich, aber wer profitiert davon?"

„Ich könnte mir noch ein anderes Motiv denken", warf Jeremy ein. „Es gab Zeiten, da haben die Menschen gern gefoltert. Wenn die Wandler vor ihrem Tod misshandelt worden sind, könnte man es mit diesen Methoden verschleiern."

Keira blieb stehen und sah Jeremy mit großen Augen an. „Du meinst, jemand hat die Wandler gefoltert und danach die Spuren von Gewalteinwirkung an ihren Körpern unkenntlich gemacht? Aber warum sollte jemand so etwas tun?"

Jeremys Blick glitt für einen Moment gedankenverloren über das dunkle Wasser der Themse, auf dem sich die bunten Lichter der Stadt spiegelten. „Genau das müssen wir ja herausfinden. Wenn deine Theorie stimmt und es sich um Morde handelt, muss es einen gemeinsamen Nenner geben."

„Ja, das denke ich auch. Bist du dabei, Deacon?", fragte Keira.

Deacon zögerte. „Also gut, Kätzchen. Offiziell sind die drei Todesfälle abgeschlossen, aber ich höre mich mal um."

„Könntest du uns vielleicht die Adressen der Angehörigen geben? Ich würde gern mal mit ihnen sprechen. Vielleicht finden wir raus, was die drei Wandler gemeinsam hatten."

„Okay, aber nur wenn ich dabei bin. Wer weiß, was ihr sonst anstellt. Hier ist meine Karte. Ruf mich morgen an, dann besprechen wir alles Weitere." Deacon griff in seine Jackentasche und zog eine Visitenkarte hervor, die er Keira reichte.

„Danke, Deacon! Das vergesse ich dir nie!" Keira umarmte ihren alten Freund spontan. Er drückte sie fest an sich.

„Schon gut, Kätzchen. Soll ich dich jetzt nach Hause bringen?"

Keira fing einen Blick von Jeremy auf. Es lag wieder ein Hauch von Weltschmerz darin.

Hastig befreite sie sich aus der Umarmung. „Nein, das ist nicht nötig. Jeremy bringt mich, nicht wahr?"

Der Schwarze Mann schien überrascht, neigte dann aber zustimmend den Kopf.

Deacon zog die Augenbrauen zusammen. „Bist du sicher, dass …"

„Ja, Deacon, ich bin sicher." Keira lächelte. „Danke, dass du uns helfen wirst. Bis morgen."

„Bis morgen." Er warf Jeremy noch einen finsteren Blick zu.

Keira hakte sich kurz entschlossen bei Jeremy ein, die beiden drehten sich um und gingen.

„Soll ich uns ein Dämonentaxi rufen?", fragte Jeremy nach ein paar Metern.

„Nein, lass uns erst noch ein paar Schritte laufen. Die Luft ist heute Abend so wunderbar. Der Wind trägt den Geruch des Wassers herüber. Ich mag das."

„So lange du möchtest. Wohin soll ich dich begleiten?"

Keira blickte zu ihm auf. „Zu dir, wenn es dir nichts ausmacht. Ich möchte heute Nacht nicht allein sein." Sie lächelte bittend.

„Gut, es ist nur …" Jeremy wirkte wieder verlegen.

„Du fühlst dich unwohl mit der neuen Situation?"

„Nein, das ist es nicht. Ich … ich hatte noch nie eine Frau als … als Übernachtungsgast. Du weißt doch …"

Keira lachte. „Wenn es dir unangenehm ist, lege ich mich nicht – wie sonst – zu dir, sondern schlafe auf dem Sessel."

Jeremy nickte. „Darf ich dich noch etwas über Deacon fragen?"

„Klar! Was willst du wissen?"

„Warum nennt er dich Kätzchen?"

Keira verkniff sich ein Grinsen. „Ich sagte doch schon, er ist ein alter Freund. Er hat mich schon früher so genannt. Aber das hat nichts zu bedeuten. Bist du etwa eifersüchtig?"

Jeremy stutzte und überlegte. „Nein, ich glaube nicht. Das heißt, ich weiß es nicht. Ich kenne das Gefühl nicht. Also nicht bei mir. Ich hatte nie etwas, auf das ich eifersüchtig sein musste. Aber bei den Menschen habe ich es oft gesehen. Ein wirklich negatives Gefühl. Meinst du, ich könnte es fühlen?"

„Nein, es besteht auch überhaupt kein Grund dazu." Keira schmiegte sich enger an seinen Arm. „Was möchtest du noch wissen?"

„Ich möchte alles von dir wissen", antwortete Jeremy leise.

Ein Schauer lief Keira über den Rücken. „Dann frag mich."

„Ist dir kalt?", fragte Jeremy mit Blick auf ihre Beine.

„Nein", schwindelte Keira. Aber die Luft war mittlerweile doch kühler geworden.

„Ich rufe uns ein Dämonentaxi." Jeremy zog die Kreide aus seiner Hosentasche. „Wir können uns dann ja im Taxi weiter unterhalten."

Kurz darauf erschien eine weiße Stretchlimousine.

„Wow", entfuhr es Keira. „Das ist aber nicht das Standardtaxi."

Jeremy zuckte mit den Schultern. „Ich habe noch ein paar Spezialeinheiten auf meinem Stick. Bisher gab es nie Anlass, sie zu verbrauchen."

Jeremy öffnete die Tür und reichte Keira die Hand, um ihr beim Einsteigen behilflich zu sein.

Der Fahrer drehte sich zu den beiden um. „Hallo Jeremy, altes Haus. Lange nicht gesehen."

„Hallo, Daniel. Ich dachte, du bist in deinem Dritt-Job unterwegs?"

„Ach, alles schon erledigt." Daniel grinste.

Jeremy nickte. „Darf ich vorstellen? Dieses wundervolle Wesen ist meine Freundin Keira."

„Schöne Frau, es ist mir eine Ehre, Sie heute fahren zu dürfen. Dann macht ihr beiden Hübschen es euch mal gemütlich. Im Kühlschrank liegt eine Flasche Champagner auf Eis, außerdem gibt es Erdbeeren und Lachshäppchen." Daniel zwinkerte ihnen zu und fuhr dann die Trennwand hoch.

„Lachshäppchen?" Keira legte den Kopf schief. „Hast du das extra bestellt?"

„Nun ja, ich dachte, vielleicht hast du Hunger." Jeremy nahm die Champagnerflasche aus dem Kühler und goss zwei Gläser ein.

Keira schmunzelte. „Hunger ... so, so."

In diesem Moment erklang schwermütige Geigenmusik und viele kleine Lichter begannen am Autodach zu leuchten. Es wirkte wie ein Sternenhimmel über ihnen.

Jeremy reicht Keira ein Glas. „Cheers."

„Cheers."

Als Keira und Jeremy die kleine Dachwohnung betraten, wurde der Himmel bereits lila.

Keira strahlte. „Das war die schönste Stadtrundfahrt, die ich je erlebt habe. London bei Nacht ist wirklich einmalig."

„Es freut mich, dass es dir gefallen hat. Darf ich dir noch etwas anbieten?"

Keira musste ein Gähnen unterdrücken. „Danke, aber ich bin hundemüde. Darf ich dein Bad benutzen?"

„Natürlich. Handtücher sind in dem Regal. Brauchst du sonst noch etwas zum Duschen?"

„Dich!", hätte sie am liebsten geantwortet, aber sie befürchtete, dass dieser Schritt für Jeremy zu schnell gewesen wäre. Deshalb lächelte sie nur unergründlich, ließ das Jackett fallen und ging geschmeidig auf die Badezimmertür zu.

Als Keira aus dem Bad kam, lag Jeremy schon auf seinem Schlafsofa und sah sie an. Sie blieb vor ihm stehen und blickte kurz zum Sessel, dann zu Jeremy. Sie sahen sich in die Augen und er nickte. Keira ließ das Handtuch fallen und verwandelte sich wieder in ihre Katzengestalt. Sie sprang auf das Sofa und ging auf Jeremy zu. Schnurrend legte sie sich auf seine Brust und begann mit ihren Pfötchen sanft zu treteln, wie sie es schon unzählige Male getan hatte, um ihm ihre Zuneigung zu zeigen. Doch dieses Mal lag in ihren Augen ein ganz besonderer Ausdruck.

„Ich konnte noch nie einer Katze etwas abschlagen", murmelte Jeremy mit einem Lächeln auf den Lippen.

KAPITEL 6

*Könnte man den Menschen mit der Katze kreuzen,
würde man damit den Menschen verbessern, aber die
Katze verschlechtern.*
Mark Twain

Aimée öffnete leise die Zimmertür und huschte über
den Flur zum Badezimmer. Die Wohnung lag still da.
Aimée spürte eine tiefe Traurigkeit in sich. Die Jungs
hatten sie vor ihrem grausamen Bruder gerettet und alles, was sie wollte, war Cyrus nun ebenfalls zu retten.
Sie fühlte sich nutzlos. Die erste Nacht war schon vorbei. Cyrus und sie hatten den Abend nach der Verhandlung allein in seinem Zimmer verbracht und stundenlang geredet. Sie hatten nach Wegen gesucht, wie sie
mit dem Spruch des Rates umgehen sollten. Während
Aimée überlegte, wie sie die Strafe für Cyrus doch noch
abwenden konnten, machte sich Cyrus nur Sorgen darum, wie es Aimée in der Zwischenzeit ergehen würde.
Ganz besonders besorgt war er wegen des unbekannten
Trainers. Er selbst wollte sich auf jeden Fall dem Urteil
fügen, um Aimée vor Repressalien der Dämonen zu
schützen. Ihm war es nur wichtig, sie in Sicherheit zu
wissen.

Irgendwann hatte sich ihr Gespräch im Kreis gedreht
und sie hatten sich nur noch schweigend im Arm gehalten, bis Cyrus eingeschlafen war. Aimée hatte den
Rest der Nacht wach gelegen und ihn beobachtet, wie
er neben ihr lag und friedlich schlief. Seine sanft ge-
schwungenen Wimpern, seinen sinnlichen Mund.

Dieses Bild würde sie für immer in ihrem Herzen festhalten.

Sie öffnete die Badezimmertür und blickte zunächst hinter den Duschvorhang. Das hatte sie sich nach ihrer ersten Nacht in dieser WG angewöhnt. Man wusste nie, wer da eventuell schon in der Dusche stand. Als Aimée keinen der Jungs entdeckte, seufzte sie und schlüpfte aus dem Nachthemd. Eine heiße Dusche würde ihr guttun.

Während der warme Strahl über ihre Schultern floss, drehten sich ihre Gedanken nur um die Schrecken der Zukunft. Sie hatten nur noch zwei gemeinsame Nächte, bis Cyrus in die Wüste des ewigen Schweigens geschickt werden würde. Aimée verfluchte erneut den Dämonenrat. Als sie ihr Lieblingsshampoo, das George ihr besorgt hatte, in ihren Haaren verteilte, mischte sich plötzlich ein seltsames Geräusch in das Plätschern des Wassers. Es klang wie das Flattern von Flügeln. Aimée verharrte und spähte aus der Dusche, doch dort war nichts zu sehen.

„Komisch", murmelte sie. Dann fuhr sie fort, sich die Haare auszuspülen. Als sie dasder unerwartete schlag Wasser abdrehte, vernahm sie das flatternde Geräusch erneut. Sie sah sich um, blickte schließlich nach oben und schrie.

„Aber was schreist du denn, ma chérie?", fragte die etwas zu groß geratene Fledermaus, die kopfüber von der Wasserleitung in der oberen Ecke hing. Aimée stolperte hektisch aus der Dusche und verfing sich beinahe im Duschvorhang. Sie riss ein Badetuch vom Haken und wickelte sich darin ein, als auch schon Cyrus, Frederic und George ins Bad stürmten.

„Was ist passiert?", wollte Cyrus wissen.

Aimée zeigte auf die Fledermaus, die jetzt immer größer wurde und deren Gesicht menschliche Züge annahm. Die Wasserleitung ächzte unter der Last.

„Komm sofort da runter, oder willst du unsere Dusche ruinieren?“, rief George. „Das ist ein altes Haus!“
Die Fledermaus flatterte auf den Boden.

„Was der Typ will, ist doch klar! Einen kleinen Morgensnack und dazu auch noch spannern!“, fauchte Frederic aufgebracht und fuhr sich durch die blonden Haare, die ziemlich strubbelig waren. Er war anscheinend direkt aus dem Bett gesprungen, denn er trug nur enge schwarze Boxershorts und sah wie immer extrem sexy aus, wie Aimée trotz der verrückten Situation feststellen musste. Hätte ihr Herz nicht Cyrus gehört, hätte es bei Frederics Anblick sicherlich schneller geschlagen.

Der ungebetene Gast hatte sich mittlerweile komplett verwandelt. Er trug ein Basecap, dicke Goldketten, Baggy Pants und ein übergroßes Shirt mit der Nummer 69 drauf. Insgesamt sah er aus wie die schlechte Karikatur eines Gangsterrappers.

„Bonjour! Meine Name ist Jean-Claude Thierry und es gibt keinen Grund, so unhöflich zu sein. Aber ich hätte es wissen müssen. Engländer!“ Jean-Claude verdrehte die Augen.

„Da, seht ihr! Ich habe es euch ja gleich gesagt!“ Frederic schnaubte aufgebracht.

„Oh, mon dieu! Du bist so einer von diesen schmuddeligen Pornodämonen! Ich kann es riechen. Ich weiß nicht, ob ich mit dir unter einem Dach leben kann. Typen wie ihr habt kein Esprit, n’est-ce pas?“

„Pornodämon? So hat mich noch niemand genannt!“ Frederic knurrte und wollte sich auf den frechen Franzosen stürzen, aber George und Cyrus hielten ihn zurück.

„Lasst mich los, ich werde diesem … diesem Blutsauger zeigen, wer hier keinen Esprit hat!“

„Lass gut sein, Frederic, das führt doch zu nichts“, versuchte Cyrus den Incubus zu beruhigen.

Aimée legte ebenfalls beschwichtigend eine Hand auf Frederics Arm. „Bitte!"

„Also gut. Der Typ ist es eh nicht wert. Ich verschwinde jetzt in den Club."

„Aber deine Schicht fängt doch erst in ein paar Stunden an?", fragte Aimée verwundert.

„Ach, es gibt immer etwas zu tun und hier wird mir die Luft zu stickig! Wenn ihr mich braucht, wisst ihr, wo ihr mich findet." Damit drehte sich Frederic um und verließ das Bad.

„Du bist also der Vampir, den uns Daniel aufgehalst hat. Wieso hängst du in unserer Dusche rum?", fragte George nun angepisst. Auch er steckte nur in weißen Shorts, was aber für ihn Normalzustand war. Seine geliebte Zigarre hatte er selbst schon um diese frühe Zeit im Mund.

„Ganz davon abgesehen, dass du hier ankommst und uns gleich beleidigst", fügte Cyrus hinzu und verschränkte die Arme. In seinen Augen funkelte es.

„Ich bin letzte Nacht angekommen. Da ich nicht wusste, wo mein Zimmer ist und da ich niemanden stören wollte, bin ich durch das Badfenster geflogen und habe die Nacht erst mal hier verbracht. Da nimmt man Rücksicht und das ist der Dank! C'est la vie!" Jean-Claude machte ein beleidigtes Gesicht.

George und Cyrus sahen sich an und Aimée merkte, dass Cyrus die Lippen aufeinanderpresste. Ihr sonst so ruhiger Amor sah so aus, als ob er dem neuen Mitbewohner gleich einen Faustschlag verpassen wollte und auch George wirkte angespannt. Deshalb beschloss sie, die Situation zu retten.

„Okay, okay, fangen wir noch mal von vorne an. Ich bin Aimée und das hier sind Cyrus und George."

Jean-Claude ergriff Aimées Hand und bedeckte sie mit Küssen. „Ich bin entzückt, mein Zucker'äschen. So eine zarte, warme Haut und solch verlockender Puls."

Aus Cyrus' Kehle erklang ein Grollen und George stellte sich schnell zwischen ihn und Jean-Claude. „Das Zuckerhäschen ist die Gefährtin von meinem Freund hier und du solltest die Bedeutung „Gefährtin" als Vampir wohl kennen. Also lässt du besser deine Lippen und Augen von ihr."

„Quel dommage!" Jean-Claude ließ Aimées Hand enttäuscht los.

Cyrus atmete tief durch und fing sich wieder. „Komm mit, wir zeigen dir dein Zimmer."

Die beiden führten Jean-Claude zum Raum von Chris, der nun für ein paar Monate die neue Bleibe des Vampirs werden sollte. Aimée nutzte die Zeit, um sich anzuziehen. Als sie mit Jeans und Pulli bekleidet wieder auf den Flur der WG trat, hörte sie heftige Schreie. Sie stammten von Jean-Claude. Ob Cyrus und George ihrem Gast etwas antaten? Aimée wollte es kaum glauben und stürmte hastig in das Zimmer. In dem schönen hellen Raum fand sie einen hysterisch schreienden Vampir vor und zwei verdattert dastehende Dämonen.

„Non! Non! Non! Diese Unterbringung ist terrible!" Jean-Claude drehte sich wie wild im Kreis. „Zu viele Fenster und viel zu ... spacieux ... wie sagt man, zu groß!"

„Alter, das ist das schönste Zimmer der Wohnung!" George paffte an seiner Zigarre und verdrehte die Augen.

„Das ist eine catastrophe. Ich kann hier nicht bleiben!"

Aimée war aufgefallen, dass ihr neuer Mitbewohner eigentlich ein ziemlich gutes Englisch sprach, aber nun kam sein französischer Akzent stark durch.

„Dir ist der Raum zu groß? Vielleicht möchtest du dann in mein Zimmer ziehen. Es ist sehr schmal und hat auch nur ein Fenster", schlug Aimée vor.

„Du überlässt mir dein Zimmer, ma chérie?" Ein Strahlen glitt über das Gesicht des Vampirs.

„Ich weiß nicht, ob das so eine gute Idee ist, Kleines“, warf Cyrus ein.

„Warum nicht? Ich wohne doch sowieso schon bei dir und außerdem ...“ Aimée schluckte kurz. „Außerdem bist du in zwei Tagen sowieso nicht mehr hier.“

Cyrus ließ die Schultern hängen. „Ja, du hast recht. Na los, Jean-Claude, komm mit.“

Sie zeigten dem Vampir Aimées Raum und er war begeistert.

„C'est magnifique!“, rief Jean-Claude und huschte in dem kleinen Zimmer hin und her. „Darf ich die Scheiben schwarz färben?“

„Ach so, wegen der Sonne“, vermutete Aimée.

„Non, die Sonne macht mir nichts. Das ist ein Märchen. Aber ich mag es Gothic-Look-like.“ Er grinste.

„Hm, passend zu deinem Outfit?“, bemerkte George sarkastisch.

„Ich habe gelesen, das trägt man jetzt so in England“, verteidigte sich Jean-Claude.

„Wo hat er das denn gelesen?“, zischte George Cyrus zu.

Jean-Claude griff währenddessen in seine Hosentasche und zog mehrere kleine Schachteln raus, die er im Raum verteilte. „Bitte zurücktreten!“

Aimée überlegte kurz, was das sollte, als die Schachteln sich in Sekundenbruchteilen in eine große Holztruhe, einen Schrankkoffer und mehrere kleinere Koffer verwandelten.

„Wie hast du das gemacht?“, staunte sie.

Jean-Claude lachte. „Wir Vampire reisen gerne mit kleinem Gepäck. Ich habe ein paar Gastgeschenke mitgebracht.“ Er öffnete die Truhe, zog zwei Flaschen hervor und reichte jeweils eine den beiden Dämonen. Cyrus erhielt eine Flasche Château Lafite-Rothschild von 1945. Er nahm die Flasche und nickte nur.

„Danke.“

„Gern geschehen, und hier habe ich auch etwas Besonders für dich“, wandte sich Jean-Claude an George.

„Wahnsinn! Ein 50 Jahre alter Single Malt!“ Georges Augen funkelten. Andächtig streichelte er die Flasche. „Es ist vielleicht doch keine so schlechte Idee gewesen“, bemerkte er an Cyrus gewandt. Cyrus antwortete nicht. Aimée warf ihm einen prüfenden Blick zu. Sie konnte verstehen, dass er sich nicht wirklich über den Wein freuen konnte. Dazu gab es zu viele belastende Dinge, die ihnen bevorstanden.

George trug seine Whiskyflasche glücklich in sein Zimmer. Aimée ahnte, dass er sie in die Vitrine zu seinen größten Schätzen stellen würde.

„Du kannst dich erst mal häuslich einrichten. Falls du irgendwelche Fragen hast, findest du uns in der Küche“, informierte Cyrus den Vampir.

Dieser lächelte und entblößte dabei seine Eckzähne. „Ich finde mich schon zurecht. Merci!“

Aimée trat auf den Flur und wollte gerade in Richtung Küche gehen, da hörte sie noch, wie der sonst so sanfte Cyrus dem Vampir zuzischte: „Ach ja, und ein guter Rat, mein Freund. Lauere Aimée nie wieder in der Dusche auf. Ansonsten würdest du dir wünschen, ich hätte lediglich Frederic auf dich losgelassen. Kapiert?“

***

Die Sonne stand hoch am Himmel. Es war eigentlich ein viel zu strahlender Tag für solch einen traurigen Besuch, dachte sich Keira. Sie stand mit Jeremy vor einer Reihe pastellfarbener Reihenhäuser in der Bywater Street in Chelsea und sah nervös zu einem fliederfarbenen Haus hinüber. Dort wohnten Sallys Eltern. Sie hatten mit Deacon verabredet sich hier zu treffen, doch anscheinend verspätete er sich. Unruhig trat Keira von einem Fuß auf den anderen. „Wo bleibt er nur?"

„Er wird ganz sicher kommen", versuchte Jeremy sie zu beruhigen.

„Natürlich, aber ich denke mittlerweile, es wäre besser, wenn ich Sallys Eltern allein kondoliere. Sie sind die Eltern meiner alten Freundin und gehören zum Clan. Wenn Deacon mitkommt, hat es gleich etwas von einer polizeilichen Ermittlung und du ..." Sie stockte.

Jeremy sah sie ernst an und um seine Mundwinkel zuckte es.

„Bitte nimm es nicht persönlich, aber ich befürchte, Sallys Eltern würden den Besuch eines Dämons nicht sehr positiv einschätzen. Vor allem weil ..."

„Weil ich ein Schwarzer Mann bin", beendete Jeremy den Satz. Er blickte wieder traurig drein. Keira berührte seinen Arm.

„Sie sind Katzenwandler und würden mit deiner Aura sehr gut zurechtkommen, aber ich denke, jede weitere unbeteiligte Person und vor allem jeder Dämon würde sie unnötig aufregen. Sie sind in Trauer und denken, Sally hätte sich selbst das Leben genommen. Damit müssen sie erst mal fertig werden."

Jeremy sah sie verständnisvoll an. „Und was willst du nun tun?"

„Ich gehe jetzt und klopfe. Du kannst hier auf Deacon warten. Die nächsten Angehörigen können wir dann zusammen befragen, schließlich sind es Wandler aus einem anderen Clan."

„Gut, ich werde hier auf dich warten."

Sie lächelte und überquerte die Straße. Beim Treppenaufgang blieb Keira für einen Moment stehen und sah nervös zu der lilafarbenen Tür. Dann fasste sie sich ein Herz und stieg die von einem schmiedeeisernen Zaun umschlossene Treppe hinauf, ergriff den schweren Türklopfer und klopfte an die Tür.

***

Jeremy beobachtete, wie sich die Tür öffnete und Keira von einer blonden Frau hereingebeten wurde. Er stand an einen Baum gelehnt da und hing seinen Gedanken nach, als Deacon auftauchte.

„Hey Dämon, wo steckt Keira?"

Jeremy nickte nur in Richtung des gegenüberliegenden Hauses.

„Nein! Sie ist einfach allein hingegangen?", entrüstete sich Deacon.

„Sie wollte der Familie ohne Polizeieskorte ihr Beileid aussprechen. Ich halte das für eine weise Entscheidung."

Deacon schüttelte ungläubig den Kopf. „Sie haben ja keine Ahnung. Es ist wieder mal typisch, sie muss immer ihren Willen durchsetzen. So war sie schon früher." Er griff in seine Tasche, holte ein Eukalyptusbonbon heraus und steckte es hastig in den Mund. Jeremy war bereits am Vorabend aufgefallen, dass der Detective intensiv nach Eukalyptus roch.

Eine Weile standen die beiden Männer da und beobachteten die andere Straßenseite. Dann ergriff Deacon erneut das Wort.

„Ich weiß ja nicht, wo Keira Sie aufgegriffen hat, aber ich kann Ihnen nur raten, die Finger von ihr zu lassen. Sie sind nicht gut für sie."

Jeremy zog überrascht eine Augenbraue hoch. Dieser Detective wagte es, ihm zu drohen? Ein unerkannter Groll machte sich in Jeremys Magengegend breit. Er erinnerte sich an sein Gespräch mit Keira in der Limousine. „Auf jeden Fall immer noch besser als ein alter Freund, der sich einfach nach einer Mailboxansprache aus dem Staub macht", antwortete er kalt.

„Ach, hat sie Ihnen das erzählt?" Deacon musterte Jeremy mit neu erwachtem Interesse.

„Ja, das hat sie."

Deacon reckte trotzig das Kinn und baute sich vor Jeremy auf. „Jeder macht in seinem Leben Dinge, die er später vielleicht bereut. Aber ich bin wieder da und glaub mir, Freundchen, sie gehört nicht an die Seite eines üblen Dämons. Das würde ihre Familie auch nicht akzeptieren und Keira ist stark mit ihrem Clan verbunden. Alle Wandler sind das!"

Jeremy überlegte kurz, wohin dieser Vortrag führen sollte, aber er wollte sich von dem Detective nicht einschüchtern lassen. „Aha, und an welche Seite würde Keira gehören? An Ihre, vermute ich."

Deacon nickte. „Ja, warum nicht? Ich bin jedenfalls tausendmal besser als ein Dämon."

„Warum, weil Sie Polizist sind?", fragte Jeremy.

„Nein, weil ich ebenfalls ein Wandler bin. Wir Wandler gehören zusammen. Wir sind Outlaws. Wir gehören weder zu den Menschen noch zu den Dämonen. Es gibt niemanden, der Keira so gut versteht wie ich."

„Ach, und was für ein Wandler sind Sie?", wollte Jeremy wissen.

Deacon trat einen Schritt zurück. „Das geht Sie überhaupt nichts an."

„Sie wollen es mir nicht sagen?" Jeremy legte fragend den Kopf schief.

„Nein!", fuhr ihn Deacon an.

Jeremy beobachte den Detective genau. Hatte er seinen wunden Punkt gefunden? „Dann sind Sie vermutlich ein Insektenwandler."

Wie erwartet schnauzte Deacon ihn an. „Was erlaubst du dir, Dämon!"

Jeremy konnte sich ein Grinsen nicht verkneifen. „Oho, sind wir jetzt schon beim Du? Habe ich da in ein Wespennest gestochen?"

„Unsinn!", knurrte der Detective.

„Oh, liege ich also richtig? Sind Sie vielleicht eine Wespe oder gar ein Moskito? So ein echter Quälgeist, das würde zu Ihnen passen." Jeremy merkte, wie er den Detective langsam in Rage brachte.

„Machen Sie sich nicht lächerlich, Dämon. Ich bin kein Insektenwandler. Die gibt es überhaupt nicht!"

„Und was sind Sie dann? Ein Katzenwandler sind Sie jedenfalls nicht, so aggressiv, wie Sie auf meine Aura reagieren", stellte Jeremy fest.

„Das ist nicht Ihre Aura. Ihre bloße Anwesenheit reicht, um jeden aus der Haut fahren zu lassen."

Mit einem Schmunzeln bemerkte Jeremy: „Keira fährt in meiner Gegenwart nicht aus der Haut."

„Sie erkennt nicht, wie verdorben Sie in Wirklichkeit sind. In Ihrer Nähe befindet sich Keira in Gefahr. Alles um Sie herum ist von Wut und Hass geprägt."

Jeremy musste schlucken, dieser Vorwurf traf ihn mehr, als er zugeben wollte. Er starrte Deacon an und versuchte zu verdrängen, dass Keira durch ihn zu Schaden kommen könnte. „Also, was sind Sie?", griff er seine ursprüngliche Frage wieder auf.

„Ich bin ein Bär."

Die Aussage überraschte Jeremy. „Wow, ein echter Bär?"

„Ja, ein Bär, und jetzt Schluss mit der Diskussion. Ich ..."

„Na, Jungs, habt ihr mich vermisst?"

Synchron drehten sich Jeremy und Deacon um. Keira stand plötzlich neben Ihnen.

„Da bist du ja, Kätzchen." Deacon lächelte nervös und zog Keira kurz in seine Arme. Sie sah unsicher zu Jeremy herüber, aber er versuchte ein neutrales Gesicht zu machen. Eines war klar, dieser Wandler fühlte sich von ihm bedroht. Aber was Jeremy noch mehr Sorgen machte, war, dass er sich ebenfalls von diesem sogenannten alten Freund bedroht fühlte. Er hatte sich zu nur allzu menschlichen Gefühlen hinreißen lassen und sich sogar auf ein Wortgefecht mit diesem Wandler eingelassen. Nun nagten Zweifel an ihm. Hatte Deacon nicht vielleicht recht? War der Detective nicht der bessere Partner für Keira? Er war ein Wandler und verstand ihre Situation besser als jedes andere Wesen, zudem war er sogar noch ein Bärenwandler und damit wie kein zweiter befähigt, Keira vor allem Bösen dieser Welt zu beschützen. Was konnte Jeremy ihr schon bieten? Er konnte nie lange an einem Ort verweilen. Seine Aura erweckte überall das Böse und das würde Keira vermutlich sogar in Gefahr bringen. War es nicht besser, sich zurückzuziehen und Deacon den Vortritt zu lassen? Jeremy war über Jahrhunderte allein durch die Dämensionen gewandert, warum sollte er sein Leben für eine kleine Gestaltwandlerin ändern?

All diese Gedanken schossen ihm durch den Kopf, während er die Umarmung von Keira und Deacon beobachtete. Doch zugleich konnte er diesen ungewohnt stechenden Schmerz nicht ignorieren, der ihm fast den Brustkorb zerriss. Nein, er würde sie nicht kampflos Deacon überlassen. Dies wurde ihm in diesem Moment nur allzu klar. Auch wenn er vielleicht gerade viel zu menschliche Gefühle durchlebte. Er musste für sie kämpfen. Jeremy fühlte plötzlich, dass er alles für dieses zarte, freche Wesen tun würde. Und wenn die Welt in Krieg und Asche versank, er wollte an ihrer Seite sein. Die Macht seiner Gefühle überwältigte ihn. Er fand keine Erklärung für all diese Emotionen, die er in all den Jahrhunderten nicht gekannt, wohl aber bei Menschen beobachtet hatte. War das nun gut oder böse?

Kapitel 7

Einen Pakt mit dem Teufel bezahlt man mit seiner Seele, bei mir reicht das Herzblut.
Cyrill, Amordämon der 2. Sektion

Bei all der Aufregung des Morgens hatte sich noch keine Gelegenheit ergeben, ihren Mitbewohnern von ihrem Termin beim Dämonenrat zu berichten. Leider war Frederic tatsächlich schon zu seinem Job aufgebrochen und so saßen nur Cyrus, Aimée und George zusammen in der Wohnküche. Sie erzählten George ausführlich von den Geschehnissen des Vortages. Er paffte an seiner Havanna und hörte ganz gegen seine Gewohnheit schweigend zu.

„Wichtig ist jetzt vor allem, dass du und Frederic auf Aimée aufpasst. Sie braucht euch, vor allem weil wir nicht wissen, wen der Rat als Trainer auswählt", beendete Cyrus seinen Bericht.

„Das werden wir natürlich tun! Wir schützen unsere Süße vor allem und jedem, keine Frage. Zur Not holen wir auch Chris aus seinem Urlaub zurück oder Jeremy zur Hilfe", beteuerte George.

„Oh, Jeremy lieber nicht!", warf Aimée ein. „Er mag ein lieber Kerl sein, aber ihr erinnert euch doch noch, wie meine Gabe seine dunkle Aura verstärkt hat."

George lachte. „Klar, wir sind uns beinahe alle an die Gurgel gegangen."

„Die Sache ist durchaus nicht komisch", murrte Cyrus. Seine honigfarbenen Augen schienen zu flackern. Aimée glaubte zu erkennen, wie sie ihre Farbe veränderten. Sie legte ihre Hand auf seinen Arm. Sofort entspannte Cyrus sich sichtbar.

„Du musst dir keine Sorgen machen. Ich bin hier bei Freunden und in Sicherheit. Ich muss lediglich abwarten, bis du zu mir zurückkommst." Sie lächelte ihn zuversichtlich an. „Dein Part ist um ein Vielfaches schlimmer zu ertragen. Ich überlege immer noch, wie wir dich da vorher rausholen können."

Cyrus lächelte zurück und strich ihr zärtlich eine Haarsträhne aus dem Gesicht. „Ich werde dich fest in meinem Herzen und in meinen Gedanken verankern. Was können mich schon 1.000 Jahre schrecken, wenn ich weiß, dass du am Ende auf mich wartest." Er küsste sie zart.

George räusperte sich. „Um noch mal auf das Thema zurückzukommen. Vielleicht ist die Sache mit dem Trainer gar nicht so schlecht. Ich meine, eventuell lernt unsere Süße ihre Gabe nicht nur zu beherrschen, sondern kann sie womöglich auch besser kontrollieren. Das könnte vieles erleichtern. Ich könnte mir sogar vorstellen, dass der Rat ein Einsehen hätte und euch einen Teil der Strafe erlässt, wenn sie gute Fortschritte macht."

„Ja, da könntest du recht haben. So habe ich das noch gar nicht gesehen." Zum ersten Mal hatte Aimée ein Gefühl von Hoffnung. „Ich will auf jeden Fall alles tun, damit der Rat die Strafe aufhebt."

„Wir könnten nach einiger Zeit um einen erneuten Ratstermin bitten", schlug George vor.

Cyrus nickte nachdenklich. „Ich glaube nicht, dass der Rat mit sich handeln lässt, aber unmöglich ist es natürlich nicht."

„Wir sollten es zumindest versuchen!" Aimée war Feuer und Flamme. Sie würde dem Rat schon zeigen, was in ihr steckte, und dann ihre Gabe den Dämonen zur Verfügung stellen, sofern sie bereit waren, Cyrus dafür von seiner Strafe zu entbinden. Plötzlich hatte sie wieder ein Ziel. Ursprünglich hatte Aimée vorgehabt, sich irgendeinen Job zu suchen, um ihren Anteil an der WG leisten zu können, doch nun wollte sie all ihre Energie in die Entwicklung ihrer Gabe stecken. Nun war der Gedanke, einen Trainer dafür an ihrer Seite zu wissen, auf einmal gar nicht mehr so erschreckend, sondern eher motivierend.

„Kann ich dich für zwei Stunden allein lassen?", fragte Cyrus plötzlich an Aimée gewandt.

„Warum? Wir haben doch nur noch so wenig gemeinsame Zeit."

„Eben", sagte er sanft. „Ich möchte mit dir heute einen ganz besonderen Abend verbringen und dazu benötige ich etwas Vorbereitungszeit, okay?"

Aimée lächelte. „Natürlich, ich freue mich."

„Ich beeile mich." Cyrus küsste sie noch einmal und für einen Moment war sein Blick voller Zärtlichkeit. Seine Augenfarbe war wieder wie flüssiger Honig und Aimée spürte das Kribbeln zwischen ihnen. Dann stand Cyrus auf und seine Augen wurden wieder dunkel.

Aimée blickte ihm besorgt hinterher. „George, darf ich dich mal um deine Meinung bitten? Du kennst doch Cyrus schon sehr lange ..."

„Klar, Süße. Was willst du wissen?"

„Also, die ganze Sache, das Urteil vom Dämonen-Rat und so weiter ist die Hölle, aber losgelöst davon erscheint mir Cyrus zwischenzeitlich so ..."

„Ja?"

„Ich weiß nicht, wie ich es sagen soll. Er wirkt teilweise so düster auf mich. Versteh mich bitte nicht falsch, ich weiß, er macht sich Sorgen und die Aussicht 1.000 Jahre in dieser Wüste zu verbringen ist die Hölle, aber dennoch ist da noch etwas anderes an ihm. Etwas, das vorher nicht da war. Ich habe immer seine liebevolle und warme Seele gespürt, aber jetzt liegt etwas

Finsteres in seinem Blick. Er hat sogar Jean-Claude bedroht."

„Na, das wundert mich nicht. Den hätte ich auch fast bedroht. Aber die Flasche Whisky ist tatsächlich eine prima Entschuldigung gewesen." George grinste.

„Du Saufnase!" Aimée lachte kurz, dann wurde sie wieder ernst. „Ich mache mir große Sorgen um Cyrus."

George zog nachdenklich an seiner Zigarre. „Er hat einfach Angst um dich, Süße. Kannst du es ihm verdenken?"

„Meinst du, das ist alles?" Aimée spielte nervös mit einer Haarlocke.

„Vermutlich, aber es könnte auch mit der Strafe zu tun haben", überlegte George. „Immerhin hat der Rat ihm seinen Amorstatus aberkannt. Amordämonen sind nicht per se gute Wesen, sie sind vor allem gefühlsneutral. Das ist wichtig, um die richtigen Verpaarungen auszuwählen."

Aimée überlegte kurz. „Gefühlsneutral bedeutet, dass sie eigentlich keine Gefühle haben?"

„Nicht unbedingt", fuhr George fort. „Sie sollten Gefühle aber komplett kontrollieren können. Cyrus hat durchaus Gefühle, sonst hätte er sich nicht in dich verlieben können, aber er hatte sie all die Jahre unter Kontrolle. Im Gegensatz zu seinem Bruder, der, wie mir scheint, tatsächlich keine Gefühle hat."

„Cyrill ist also gefühlskalt?"

„Könnte man so sagen." George drückte seine Zigarre auf einer Untertasse aus. „Aber zurück zu unserem Cyrus. Er hat vor allem viele liebevolle Gefühle für dich. Nun hat der Rat ihm einen Teil seiner Selbst genommen, indem er ihm den Amorstatus genommen hat. Vermutlich haben sie damit auch seine helle Seite genommen. Sie wollen ja eigentlich nicht, dass er liebt."

Aimée riss die Augen auf. „Heißt das, er wird jetzt böse?"

„Nein, und außerdem hat er ja noch seine Selbstkontrolle. Die wird der Rat damit einem Test unterziehen. Aber er könnte sich verändern, wenn die dunkle Seite in ihm überhandnimmt, und das wäre in der Wüste des ewigen Schweigens nicht verwunderlich. Zehn Jahre in dieser Welt mögen für dich lang sein, aber er muss 1.000 Jahre durch die Wüste wandeln. Es kann sein, dass du ihn nicht wiedererkennst, wenn er zurückkommt. Ganz egal, wie stark eure Gefühle jetzt füreinander sind.“

Aimée traf die Erkenntnis wie ein Blitz. „Oh mein Gott! Sie wollen ihn zerstören! Wir dürfen das nicht zulassen, George!“

„Wir werden uns etwas einfallen lassen, Süße. Du wirst fleißig deine Gabe trainieren und wir könnten Chris kontaktieren. Er hat vielleicht eine passende Vision für uns.“

„Das wäre eine Idee.“

„Genau, und dann machen wir einen Plan. Dafür brauchen wir beide auf jeden Fall einen ganz besonderen Tropfen. Ich wollte die Flasche zwar erst mal noch stehen lassen, aber die Umstände sprechen definitiv dafür.“ Eilig lief George hinaus und kam kurze Zeit später mit dem Whisky wieder, den Jean-Claude ihm mitgebracht hatte.

„Willst du wirklich den edlen Tropfen opfern?“

„Klar“, meinte George grinsend. „Man muss die Feste feiern, wie sie fallen, und wir beiden feiern jetzt, dass wir einen Plan aushecken, um den alten Cyrus aus der Wüste zu holen und eure Liebe zu retten.“

„Na dann“, gab sich Aimée geschlagen. Sie holte zwei Gläser aus dem Küchenschrank, während sich George mit der Flasche abmühte.

„Verdammt, das Teil will nicht aufgehen“, schimpfte er.

„Hey, wer schüttelt denn da wie verrückt! Geht's noch?", rief plötzlich eine Stimme.

George ließ vor Schreck die Flasche fallen. Sie landete auf dem Tisch und rollte auf die Kante zu, Aimée konnte sie gerade noch festhalten und der Verschluss sprang ab.

„Aua, na toll, jetzt habe ich mir einen Wirbel verrenkt!", schimpfte die Stimme, die eindeutig aus dem Innern kam.

„Wer bist du?", frage Aimée.

„Glen ... Glen Walker", quäkte die Stimme aus der Flasche.

George war bleich geworden. „Das ist ein Whisky-Dschinn."

„Ein Flaschengeist? Muss er uns jetzt nicht drei Wünsche erfüllen?", fragte Aimée hoffnungsvoll.

„Nen Scheiß muss ich!", poltere Glen Walker. Aus der Flaschenöffnung streckte sich eine Zunge raus. „Bäh!"

„Das ist jawohl eine Frechheit sondergleichen! Na, warte!" George griff sich die Flasche, stopfte die Zunge zurück in den Flaschenhals und verschraubte den Verschluss. „Dich werde ich entsorgen!"

„Versuch es doch", kicherte Glens Stimme aus dem Inneren. Er begann zu singen. „Trink ma noch nen Dröpsche!"

George öffnete den Mülleimer und warf die Flasche hinein. „So, jetzt ist Ruhe! Dann hole ich eben einen anderen Whisky aus meiner Sammlung."

Keine Minute später hallte ein markerschütternder Schrei durch das Haus. Aimée rannte zu Georges Zimmer und fand den Amoridicius völlig aufgelöst zwischen den Flaschen seiner Whiskysammlung stehen.

„Leer! Sie sind alle leer! Dieser vermaledeite Dschinn hat innerhalb einer Stunde alle meine teuren Whiskyflaschen ausgesoffen!"

„Aber wie hat er das gemacht?"

„Wie ist doch egal!" George raufte sich die blonden Locken. „Er ist ein Flaschengeist! Oh, ich bringe ihn um, und dann bringe ich diesen verfluchten Vampir um!"

***

„Also, was hast du zu Sallys Eltern gesagt?", wollte Deacon wissen.

„Ich habe ihnen mein Beileid ausgesprochen", erklärte Keira leichthin.

„Und weiter nichts?" Seine stahlblauen Augen fixierten sie.

„Doch, ich habe mir die SMS zeigen lassen, die Sally angeblich geschrieben haben soll. Aber du musst dir keine Gedanken machen, ich bin ganz unauffällig vorgegangen."

„Und?"

„Die war eindeutig nicht von Sally. Sie hat jede ihrer SMS mit drei Küsschen, also drei x unterschrieben. Das hat sie schon damals in der Schule gemacht. Bei dieser SMS hat sie nur mit ihrem Namen unterschrieben."

„Das ist doch nur verständlich. Sie hat ihren Eltern eine Abschiedsnachricht geschickt und sich danach umgebracht. Das ist wahrlich nicht die SMS für Küsschen", argumentierte Deacon.

„Ach nein? Auch wenn sie schreibt, dass sie ihre Eltern liebt und es ihr leidtut?"

„Die SMS ist aber eindeutig von ihrer Nummer aus gesendet worden."

„Und wo ist ihr Handy?", fragte Keira.

„Vermutlich irgendwo in der Themse. Du kannst doch nicht verlangen, dass ich den gesamten Fluss nach diesem dämlichen Smartphone absuchen lasse."

„Nein, aber ich dachte, du glaubst uns, dass die Todesfälle keine Unfälle waren", ereiferte sich Keira.

„Ich habe nichts dergleichen gesagt, sondern nur, dass ich geneigt bin, es nicht völlig auszuschließen." Deacon verschränkte die Arme vor der Brust.

„Okay, okay." Keira warf die Hände in die Höhe. „Gib uns einfach die Adressen der anderen Wandler und wir kümmern uns allein darum, oder?"

Jeremy nickte stumm.

„Von wegen! Ich habe mir heute extra freigenommen und ich werde euch begleiten. Wer weiß, was ihr sonst anrichtet."

Keira warf Deacon einen verächtlichen Blick zu. „Danke, wir kommen auch sehr gut allein zurecht."

„Das ist nicht verhandelbar! Ich begleite euch." Deacon zog sein schwarzes Notizbuch aus der Jacke. „Also, die erste Adresse ist in Wandsworth. Grace Brown wurde vor einer Woche als vermisst gemeldet. Sie hat als Kellnerin in einem Pub gearbeitet. Ihr Boss wurde schon befragt, aber die Spur war wenig ergiebig. Ihr Arbeitgeber und die Kollegen hatten so gut wie keinen persönlichen Kontakt zu Grace und wussten dementsprechend nicht viel zu berichten."

„Und mit wem sollen wir sprechen?"

„Sie wurde von ihrem Freund, mit dem sie auch zusammenlebt, als vermisst gemeldet. Bei ihm sollten wir anfangen."

„Was für eine Art Wandler ist diese Frau?", erkundigte sich Jeremy.

„Sie ist ein Frettchen."

„Ein Frettchen?", hakte Jeremy erstaunt nach.

„Ja, ein Kleinsäugetier aus der Familie der Mustelidae. Solltest du kennen, Dämon."

„Nun, es kann ja nicht jeder ein Bär sein, nicht?", bemerkte Jeremy süffisant.

„Jungs! Können wir uns jetzt wieder auf unsere Ermittlungsarbeit konzentrieren?", fuhr Keira dazwischen.

„Auf jeden Fall ist es interessant, dass bisher ganz unterschiedliche Gestaltwandler verschwunden sind."

Deacon nickte und begann aufzuzählen: „Ja, wir haben bisher einen Wer-Tiger, einen Katzenwandler, einen Frettchenwandler ..."

„Was war Danny eigentlich?", wollte Keira wissen.

„Ein Hundewandler. Irgendein großes zotteliges Vieh", berichtete Deacon. „Und dann sind da noch ein Werwolf und ein Rattenwandler auf meiner Liste."

„Das ist vermutlich der Grund, warum die Clans noch nicht in Aufregung sind. Solche Einzelfälle fallen nicht auf", schlussfolgerte Keira.

„Vergiss nicht, dass es vielleicht gar keine Morde sind", ermahnte sie Deacon.

„Nun, wir sind dabei es herauszufinden, nicht wahr?", erklärte Keira keck. „Also lasst uns fahren."

***

„Ihr wagt es, mich herzubestellen wie einen Dienstboten?", zischte die eiskalte Stimme des Mannes.

Der kleine Wissenschaftler blickte seinen aufgebrachten Gast ungerührt an. „Ihr wolltet doch informiert werden, wenn uns ein Durchbruch gelungen ist."

„Natürlich, aber ..."

Der Arzt lächelte überlegen und hielt ihm stolz zwei Röhrchen mit einer Flüssigkeit entgegen. „Wir konnten beim letzten Versuch die entsprechende Sequenz, die für die Wandlung zuständig ist, aus der DNA extrahieren. Nach einigen weiteren Versuchen ist es uns gelungen, nun das gewünschte Serum herzustellen."

Der hochgewachsene Mann griff nach den Röhrchen und sah sich die farblose Flüssigkeit genau an. „Und Sie sind sicher, dass es wirkt?"

„Nun, der endgültige Versuch steht natürlich noch
aus", gab der Wissenschaftler zu. „Ich benötige eine Ihrer Wachen als Probanden."

„Nicht so schnell, Doktor. Ich kann es mir nicht erlauben, einen meiner Männer durch ein unerprobtes Serum zu verlieren."

„Aber ich brauche eine Versuchsperson, auf die die
Fähigkeit der Wandlung übertragen wird. Wie soll ich
sonst sicherstellen, dass das Serum wirkt?"

„Nun, der Großteil Ihrer Forschung ist doch jetzt abgeschlossen? Ich denke, dann können Sie auf einen Assistenten verzichten, oder?", erklärte der hochgewachsene Mann kühl.

Auf dem Gesicht des Arztes zeigte sich ein teuflisches
Lächeln. „Da haben Sie recht." Er ging zu seinem
Schreibtisch und drückte die Taste einer Gegensprech-
anlage. „Bruce, würden Sie bitte ins Labor kommen?
Wir benötigen Ihre Hilfe ..."

KAPITEL 8

*Liebe bringt niemanden um. Sie schießt dir ins Knie
und lässt dich weiterhumpeln.*
Deacon

Den ganzen Nachmittag hatten Deacon, Jeremy und
Keira damit verbracht, die Angehörigen der verschwundenen Wandler zu befragen. Das war nicht so
leicht, wie es zunächst ausgesehen hatte. Der Ratten-
clan hatte sie im Mob von Hunderten Familienmitgliedern aus der Kanalisation getrieben. Es war ihnen völlig egal gewesen, dass Deacon ein Beamter von Scotland Yard war. Die Ungeheuerlichkeit, dass eine Kat-
zenwandlerin und ein Dämon ihre geheiligten Hallen
betreten hatten, war für die Ratten Grund genug gewesen, sie anzugreifen.

„Also, was haben wir?"

„Nichts, wir haben nichts! Grace' Freund wusste überhaupt nichts zu berichten, die Wer-Tiger wollen keine
Einmischung in familiäre Angelegenheiten, Dannys
Angehörige waren nicht auffindbar und der Ratten-
clan ... na ja. Also eine Pleite auf ganzer Linie", zählte
Deacon auf. „Ich habe es euch ja gleich gesagt. Das war
eine Schnapsidee." Er zog genervt ein Eukalyptusbonbon aus seiner Jackentasche.

Jeremy schüttelte den Kopf. „Nur weil wir bisher
nichts herausgefunden haben, bedeutet es nicht, dass
Keira mit ihrer Vermutung falsch liegt. Wir sollten vielleicht noch einmal die Hinweise durchgehen, die der
Polizei bisher vorliegen. Irgendeine Gemeinsamkeit
muss es geben."

„Ja, oder eben nicht“, beharrte Deacon und rieb sich müde seinen Dreitagebart. In diesem Moment klingelte Keiras Smartphone.

„Moment, da muss ich rangehen.“ Sie ging ein paar Schritte zur Seite, hörte aber noch, wie Deacon zischte: „Hören Sie auf, Keira in ihren wilden Vermutungen auch noch zu bestärken, Dämon! Sie machen alles noch viel schlimmer!“

Sie nahm sich vor, Deacon später für sein Verhalten gegenüber Jeremy zurechtzuweisen, und meldete sich.

Nach ein paar Minuten steckte sie ihr Handy wieder ein. „Das war Timor. Ich habe die Versammlung gestern Abend vergessen“, erzählte sie niedergeschlagen. „Nun ist für heute noch eine Zusammenkunft angesetzt. Merkwürdig. Jedenfalls muss ich zu meinem Clan. Mein Vater tobt.“ Sie seufzte.

„Ich begleite dich“, entschied Deacon.

„Ich weiß nicht …“ Sie warf Jeremy einen fragenden Blick zu.

Dieser nickte nur. „Das ist eine gute Idee. Ich habe auch noch etwas zu erledigen. Wir sehen uns morgen, Keira.“

„Wenn du meinst.“ Sie legte den Kopf schief. „Dann bis morgen.“

Jeremy nickte den beiden zum Abschied zu und verschwand wortlos im Dunklen.

***

Das *Black Hole* war an diesem Abend seltsam leer. Die wenigen Gäste zogen allesamt lange Gesichter. Keiner war auf der Tanzfläche, obwohl die besten Dancefloorkracher liefen, die sonst den Laden zum Kochen brachten, und auch das Trinkgeld ließ auf sich warten.

„Ey, Barkeeper, ich hatte einen Wodka-Martini bestellt mit zwei Oliven! Zwei! Nicht eine!", pöbelte ein Typ an der Bar Frederic an.

„Natürlich, Sir, die zweite Olive kommt sofort!" Er gab dem Gast einen Zahnstocher, auf den er zwei weitere Oliven aufspießte. „Die extra Olive geht aufs Haus." Frederic grinste den Gast an.

„Ihre Frechheiten können Sie sich sparen! Ich werde mich über Sie beschweren", schnaubte der Gast und ging zurück zu seiner Sitzecke, wo er mit einigen anderen finster dreinblickenden Gestalten saß.

Frederic konnte sich die miese Stimmung im Club nicht erklären. Doch in diesem Moment erschien ein blonder Typ im schwarzen Anzug am Tresen und schlagartig wurde Frederic klar, was an diesem Abend los war.

„Jeremy! Was verschlägt dich hierher? Du wirst doch wohl nicht etwa Sehnsucht nach deinen alten WG-Kumpels haben?"

„Das ist es nicht. Also nicht nur."

Frederic grinste und stellte Jeremy ein Glas Wasser mit einem Scheibchen Ingwer auf den Tresen. Der Schwarze Mann nahm auf dem Barhocker Platz und das Licht im Club wurde noch eine Spur dunkler. Er griff nach dem Glas und nahm einen Schluck.

„Also, wie komme ich zu der Ehre deines Besuches?"

Jeremy ließ den Kopf hängen. „Ich muss mit jemandem reden. Stundenlang bin ich durch die Stadt gewandert, bis mich mein Weg hierhergeführt hat. Ich habe schon einige Zeit vor dem Club verbracht und überlegt, ob ich überhaupt reinkomme."

„Das erklärt einiges, aber ich muss dich bitten, bald wieder zu gehen, sonst dreht mein Boss durch. Aber jetzt rück erst mal raus damit ... worüber möchtest du mit mir reden?"

Jeremy zögerte.

„Du hast doch wohl nicht Ärger mit einem deiner Kätzchen?“ Frederic grinste frech.

Jeremy drehte das Glas in seiner Hand. „Kann man so sagen.“

Frederic stutzte. „Tatsächlich? Das sollte eigentlich ein Scherz sein.“

„Ja, es geht um meine Lieblingskatze. Allerdings ist sie eigentlich gar keine richtige Katze. Sie ist eine Gestaltwandlerin.“

„Wow, das sind ja Neuigkeiten! Und ist das gut oder schlecht?“

Jeremy zuckte mit den Schultern. „Ich weiß es noch nicht. Keira ist toll. Sie ist das einzige weibliche Wesen, das meine Gegenwart erträgt, ja sogar genießt, wie es den Anschein hat.“

„Und du? Genießt du ihre Anwesenheit auch?“, erkundigte sich Frederic.

„Sehr sogar. Ich habe Angst, sie könnte mich wieder verlassen. All die Jahrhunderte habe ich mich nie wirklich einsam gefühlt. Ich habe mich daran gewöhnt, allein zu sein und immer getrieben durch die Welten zu streifen. Aber seit ich Keira an meiner Seite habe, will ich nicht mehr ohne sie sein. Und jetzt ist sie mit ihrem alten Jugendfreund unterwegs zu ihrem Clan und das macht mich völlig fertig. Wenn sie mich auch nur ein paar Stunden verlässt, wird die Welt unerträglich für mich. Das ist doch verrückt, oder nicht? Ich meine, eigentlich weiß ich ja erst seit gestern, dass sie auch eine Frau ist. Ich verstehe es einfach nicht. Ohne ihre Nähe ist meine Welt plötzlich viel düsterer. Der Gedanke, weitere tausend Jahre allein zu verbringen, erfüllt mich mit Angst. Ich erkenne mich selbst nicht wieder.“

Frederic ließ das Handtuch sinken, mit dem er nebenbei Gläser poliert hatte, und starrte Jeremy an. „Bei allen Dämonen! Du liebst sie!“

„Na ja, ich weiß es nicht. Die ganze Sache ist ziemlich kompliziert." Jeremy seufzte.

„Das sind Liebesgeschichten immer, mein Freund."

***

Deacon begleitete Keira zur Lagerhalle. Sie wollte sich gerade von ihm verabschieden und ihren gewohnten Weg in die Halle einschlagen, als sie einen Katzenwandler entdeckte, der vor der Halle herumlungerte. „Hallo James, hat die Versammlung noch nicht angefangen?"

James schnippte seinen Zigarettenstummel weg. „Doch, die sind schon alle da. Der Chef hat gesagt, ich soll hier auf dich warten."

„Wozu denn das?", fragte sie verwundert.

James ignorierte ihre Frage und wandte sich an Deacon. „Sind Sie Detective Murray?"

„Ja", bestätigte Deacon.

„Gut, unser Clanchef wünscht, dass Sie ebenfalls bei der Versammlung anwesend sind. Bitte kommen Sie herein."

Keira und Deacon wechselten einen Blick. Deacon zuckte die Schultern und sagte: „Natürlich komme ich mit."

Die Halle war bis zum letzten Platz gefüllt mit Katzen. Überall saßen und lagen sie herum, kleine und große, alte und junge, getigerte, schwarze, weiße und bunt gefleckte Katzen. Es war ungewöhnlich, dass die Versammlung in der Wandlergestalt stattfand, aber da hier wohl mehrere Familien aus allen Bezirken Londons anwesend waren, wäre es vermutlich zu eng geworden, wenn alle Anwesenden in ihrer menschlichen Gestalt an dem Treffen teilgenommen hätten. Keira stutzte,

96

denn dass alle Familien zu einem außerplanmäßigen Clantreffen erschienen, war ungewöhnlich.

„Es ist verdammt voll hier", flüsterte Deacon.

„Das heißt nichts Gutes", antwortete Keira leise.

Am Sprecherpult in der Mitte des Raumes standen ihr Vater Robert und Timor sowie jeweils das älteste Mitglied aus jeder Familie des Clans.

James führte die beiden in die Mitte des Versammlungsraumes.

„Warum kommt es mir so vor, als würden wir zu einer Gerichtsverhandlung gehen?", raunte Deacon.

„Weil es genau das ist, befürchte ich."

Robert J. Clark sah seiner Tochter streng entgegen. „Das ist meine Tochter Keira. Die meisten von euch werden sie kennen, den Mitgliedern der anderen Familien möchte ich sie vorstellen. Sie ist meine jüngste Tochter, was aber nicht heißen soll, dass sie sich nicht so zu verhalten hat, wie es der Tochter eines Clanchefs gebührt. Doch Keira hat ihren eigenen Kopf. Den hatte sie schon immer und als liebender Vater habe ich ihr wohl zu viel durchgehen lassen."

„Auweia, das wird 'ne Standpauke", zischte Deacon ihr leise zu.

„Dad ...", begann Keira laut.

„Sei still, Tochter! Du hast den Clanchef nicht zu unterbrechen. Auch wenn ich mein Amt in Teilen an Timor abgegeben habe, bin ich immer noch das Oberhaupt unserer Familie. Du hast deinem Vater Respekt zu zollen, wie du auch Timor als neuem Clanchef Respekt zu erweisen hast. Du hast dich unseren Anweisungen zu fügen, als Clanmitglied und als Tochter!"

Keira schluckte und senkte den Kopf. Unzählige Blicke waren auf sie gerichtet und in allen glaubte sie Missbilligung zu sehen.

Ihr Vater fuhr fort: „Du hast dich in beschämender Weise verhalten."

In Keira begann es zu brodeln. Trotzig hob sie den Kopf. „Was soll ich denn bitte Verwerfliches getan haben?"

„Ich musste erfahren, dass du heute bei den Taylors warst."

Jetzt entdeckte Keira Sallys Eltern, die etwas abseits an einem Pfeiler standen. Auch sie waren in ihrer menschlichen Gestalt erschienen. Sallys Mutter schniefte in ein Taschentuch.

„Ich habe ihnen mein Beileid ausgesprochen, das ist doch nicht verboten", verteidigte sich Keira.

„Das nicht, aber du wurdest beobachtet, wie du mit dem Detective und einem Dämon zusammen auf der Straße standest."

Keira warf Sallys Mutter einen Blick zu. Sie musste sie beobachtet und bei ihrem Vater angeschwärzt haben.

„Dein Besuch war kein reiner Kondolenzbesuch. Das wird klar, wenn man hört, was du sonst noch getrieben hast. Du hast ungefragt andere Clans aufgesucht und nach vermissten Wandlern ausgefragt."

„Woher …", begann Keira. Sie blickte Deacon an, aber der zuckte nur die Schultern.

„Woher ich das weiß, Tochter? Weil mich der aufgebrachte Clanchef der Rattenwandler angerufen hat und die trauernde Witwe eines Wer-Tigers! Was hast du dir nur dabei gedacht, Keira?", donnerte Robert und seine Stimme hallte durch den Raum. „Du hast den Ruf unserer gesamten Familie beschmutzt und dann hast du auch noch einen Dämonen an deiner Seite gehabt! Was hast du zu deiner Verteidigung zu sagen?"

Keira stöhnte innerlich auf. Sie hasste es, dass die Clanstrukturen wie die einer Dorfgemeinde waren. Man konnte keinen Pups lassen, ohne dass es nicht der ganze Clan sofort wusste. Das war einer der Gründe, warum sie so gern ihre eigenen Wege ging. So sehr sie ihre Familie auch liebte, so sehr engte sie der Clan ein.

Keira atmete einmal tief durch und begann zu erklären: „Wir glauben, es war kein Selbstmord. Wir wollten nur die Wahrheit rausfinden."

Sallys Mutter schluchzte auf.

„Detective Murray war bei unserem letzten Gespräch von dem Selbstmord überzeugt", mischte sich Timor ein. „Ich nehme an, Keira hat auf ihn eingewirkt, die Ermittlung fortzuführen."

„Stimmt das, Detective? Hat meine Tochter auf Sie eingewirkt? Bevor Sie antworten, denken Sie daran, dass die Clangesetze für alle Wandler gelten, egal von welchem Clan. Einem Clanchef hat man immer wahrheitsgemäß zu antworten."

Deacon warf einen entschuldigenden Blick zu Keira. „Es tut mir leid, Kätzchen."

Keira nickte. „Schon gut, es ist nicht deine Schuld."

„Es stimmt, Keira hat mich überzeugt, noch einmal nachzuforschen. Aber es gab wirklich begründete Zweifel, die sie ..."

„Das reicht!", unterbrach ihn Robert. „Wenn Sie weiter ermitteln wollen, dann ist das die Sache der Polizei. Aber du, Keira, hältst dich ab sofort aus der Angelegenheit raus!"

„Dad ...!"

„Ich wünsche keine Widerrede. Außerdem hast du dich bei Sallys Familie zu entschuldigen, dass du unter fadenscheinigen Gründen Fragen gestellt und ihnen noch mehr Schmerz zugefügt hast. Das war doch so, oder, Mrs. Taylor?"

Sallys Mutter trat vor. „Ja, Keira hat sehr viele Fragen gestellt. Sie wollte wissen, was Sally in letzter Zeit so gemacht hat. Ob sie sich verändert hatte. Ich habe es ihr erzählt, weil ich dachte, sie wollte etwas von Sally hören, damit sie sie so in Erinnerung halten kann. Aber sie hat mich getäuscht! Sally war ein gutes Mädchen, sie hat sich sozial engagiert. Hat Kleiderspenden für

Bedürftige organisiert und ging regelmäßig zum Blutspenden. Sie war für alle da und sie sollte in Frieden ruhen können!" Mrs. Taylor schniefte in ihr Taschentuch. „Das hat sie nicht verdient."

Zustimmendes Maunzen ertönte in der Halle.

Sie konnte es nicht fassen. Deacon wollte nach ihrer Hand greifen, doch Keira schüttelte sie ab.

„Zudem wünsche ich nicht, Detective, dass meine Tochter gemeinsam mit Dämonen – wie sagen die jungen Leute – rumhängt. Also falls Sie weiterhin Kontakt zu meiner Tochter haben möchten, dann bringen Sie bitte nicht Ihren Freund mit. Dämonen sind kein guter Umgang für Wandler. Das sollten Sie doch wissen."

„Ähm ...", begann Deacon.

„Das ist nicht sein Freund, Vater. Jeremy ist mein Freund!" Keira reckte kämpferisch das Kinn.

„Was?", entfuhr es dem Clanchef.

„Ein Dämon wird mit unserem Clan in Zusammenhang gebracht? Was für ein Dämon ist er?", verlangte Timor zu wissen.

Keira biss sich auf die Lippen und schwieg.

„Antworte", forderte ihr Vater.

„Er ist ein Schwarzer Mann."

Die anwesenden Katzen stießen ohrenbetäubende, wilde Laute aus. Mr. Taylor zog schützend seine Frau in seine Arme, Keiras Vater lief rot an vor Wut.

„Und du wagst es, mir das ins Gesicht zu sagen?", donnerte Robert.

Keira stand mit hoch erhobenen Haupt vor der Versammlung, aber ihr Herz schlug wie wild.

„Diese Schande ist kaum wiedergutzumachen! Ich verbiete dir jeglichen Kontakt zu diesem Dämon! Du wirst ihn nie wiedersehen."

„Das kannst du mir nicht verbieten!", rief Keira.

„Doch, das kann ich, als Oberhaupt der Familie und als dein Vater. Ich unterstelle dich Timors Aufsicht, bis du zur Vernunft gekommen bist. Ansonsten werde ich dich verstoßen, Tochter!“

Diese Drohung brach Keira fast das Herz. Für ein Clanmitglied konnte es keine größere Strafe als den Ausschluss aus der Familie geben. So sehr Keira ihre Unabhängigkeit auch liebte, verstoßen zu werden, würde bedeuten, dass sie niemals wieder Kontakt zu ihrer Familie haben dürfte. Weder ihre Eltern noch ihre Geschwister würden jemals wieder ein Wort mit ihr reden. Kein Katzenwandler würde ihre Anwesenheit dulden. Alle würde sie meiden. Sie wäre für alle Zeit allein. Keira schluckte und spürte, wie heiße Tränen in ihr aufstiegen, aber ihr Stolz ließ es nicht zu, dass der Clan sie weinen sahen. Hastig drehte sie sich um und rannte wie von Sinnen aus der Halle. Ihr Vater und Deacon riefen hinter ihr her. Doch sie blieb nicht stehen.

In der Dachgeschosswohnung brannte kein Licht, als Keira die Straße erreichte. Für einen Moment blieb ihr fast das Herz stehen. Jeremy war so kühl gewesen, als er sich verabschiedet hatte. Sie hoffte, dass er die Wohnung noch nicht verlassen hatte. Sicherlich würde er es bald tun müssen, damit seine dunkle Aura nicht die ganze Straße erfasste. Doch für einen Augenblick keimte in ihr die Angst auf, er hätte sie auch einfach verlassen. Keira schickte innerlich ein Stoßgebet zum Himmel, dass sie die Wohnung nicht verwaist vorfand.

Das Fenster war wie immer geöffnet. Eine Angewohnheit von Jeremy, damit zumindest ein Teil seiner dunklen Aura nach außen drang und nicht zu schnell in die Mauern des Gebäudes einzog. Keira sprang hinein, doch von Jeremy war nichts zu sehen. Sie lief maunzend durch die Räume. In der Küche stand eine benutzte Tasse auf dem Tisch, doch das hatte nichts zu sagen. Als Keira an einem Kleiderständer einen seiner Anzüge entdeckte, fiel ihr ein Stein vom Herzen. Das war zumindest ein gutes Zeichen. Er nahm seine Klamotten immer mit, wenn er eine Wohnung verließ. Sie sprang auf das Sofa, legte sich dorthin und wartete.

Es dauerte eine gefühlte Ewigkeit, bis endlich die Tür geöffnet wurde. Jeremy kam herein und knipste das Licht an. Er stutzte, als er die rote Katze auf seinem Sofa erblickte.

„Keira! Was machst du hier? Ist etwas passiert?“ Er setzte sich zu ihr. Keira war unendlich erleichtert ihn zu sehen. Sie schnurrte so laut, dass ihr kleiner Katzenkörper vibrierte, und rieb heftig ihren Kopf an ihm.

„Alles gut, meine Schöne. Ich bin ja da“, sagte Jeremy leise.

Keira drückte sich glücklich an ihn.

„Erzähl mir, was los ist“, forderte er sie sanft auf.

Keira ging auf Abstand und ein leichter Wind umwehte sie, als sie sich verwandelte. Jeremy stand auf und holte eine Decke, die er ihr über die nackten Schultern legte.

Sie lächelte ihn dankbar an. „Ich bin so froh, dich zu sehen“, flüsterte sie und setzte sich zu ihm aufs Sofa. Dann berichtete sie von der Clanversammlung.

„Sie waren alle da! Jeder Katzenclan von London. Du kannst dir nicht vorstellen, wie erniedrigend es war, vor all diesen Familien von meinem eigenen Vater bloßgestellt zu werden.“ Keira schniefte.

Jeremy hatte ihr zunächst schweigend zugehört und zog sie nun fest in seine Arme. Keira drückte sich an ihn.

„Vielleicht würde es deinen Vater besänftigen, wenn du ihm versprichst, dass du dich von mir fernhältst. Wie ich deiner Erzählung entnehme, hat ihn unsere Freundschaft sehr aufgeregt“, warf Jeremy ein.

„Niemals!“, erklärte Keira energisch. „Ich werde mir niemals vorschreiben lassen, dich nicht mehr zu treffen. Du bist mir wichtig und es ist mein Leben. Wenn es sein muss, werde ich sogar mit dem Verstoß aus dem Clan leben können, aber nicht damit, von dir getrennt zu sein", ereiferte sie sich. Jeremy lächelte und Keira blickte verlegen auf den Boden. „Ich meine natürlich ..." Sie stockte einen Moment. „Ich will bei dir sein, wenn du es auch möchtest ... Ich würde mich nie aufdrängen."

Jeremy streichelte sanft ihren Rücken. „Ich könnte mir nichts Schöneres vorstellen."

„Darf ich also heute Nacht bei dir bleiben?", fragte Keira leise.

„Du darfst so lange bei mir bleiben, wie du möchtest. Wenn es dir gefällt, auch für alle Ewigkeit", flüsterte er in ihr Haar.

Keira lächelte selig und fühlte sich so geborgen wie schon lange nicht mehr.

Jeremy kochte Tee und Keira saß eingewickelt in seine Decke auf dem Schlafsofa. Sie dachte über die Versammlung nach. Die harten Worte ihres Vaters hallten in ihren Gedanken wider.

Jeremy kam mit einem Tablett und zwei Tassen ins Zimmer. Er stellte sie auf einem kleinen Tisch ab.

„Danke." Keira lächelte, nahm sich eine Tasse und trank den süßen Tee. Er tat gut.

„Das war ein anstrengender Tag heute, wir sollten vielleicht bald schlafen."

„Soll ... soll ich mich wieder verwandeln?", fragte Keira.

Jeremy sah ihr tief in die Augen und schüttelte den Kopf. „Nicht, wenn du nicht willst."

Keira lächelte. „Ich würde gerne als Mensch bei dir liegen."

„Dann komm her." Jeremy zog sie sanft in seine Arme. „Aber du musst mir erlauben dein Haar zu küssen", murmelte er leise.

„Du darfst mich überall küssen, wo du möchtest“, schnurrte Keira.

„Ich komme darauf zurück.“ Er lächelte. „Aber jetzt solltest du erst mal etwas schlafen.“

Sie schloss die Augen und schmiegte sich eng an Jeremy.

KAPITEL 9

Die Summe unseres Lebens sind die Stunden, in denen wir liebten.
Wilhelm Busch

Am frühen Abend entführte Cyrus Aimée nach South Bank. Aimée fühlte sich wie eine Prinzessin an seinem Arm. Sie trug ein langes rotes Kleid, das Cyrus ihr für den Abend gekauft hatte. Er hatte ihr nicht verraten, was er an diesem Abend geplant hatte und so war Aimée entsprechend aufgeregt, als sie aus dem Taxi stiegen.

Zunächst besuchten sie eine Vorstellung im *National Theatre*, von der Aimée allerdings nicht viel mitbekam, weil sie sich an Cyrus lehnte und ihren Gedanken nachhing. Sie schloss die Augen und atmete seinen Duft ein, während auf der Bühne ein modernes Drama seinen Lauf nahm. Es war die Geschichte zweier Liebender, die aus unterschiedlichen Welten kamen und nicht zusammenpassten. Aimée dachte über ihr eigenes Drama nach, aber trotz der Strafe des Dämonenrates fühlte sie, dass sie mit niemandem tauschen wollte. Sie hätte Cyrus gegen keinen Mann der Welt eintauschen mögen, sondern genoss jede Sekunde in Gegenwart ihres Amors. Er hielt ihre Hand und drückte diese immer wieder leicht.

In der Pause fiel ihr auf, dass viele fremde Frauen ihnen Blicke zuwarfen. Natürlich galten die Blicke Cyrus in seinem schwarzen Anzug mit passender Weste. Sogar die Haare hatte er mit etwas Gel in Form gebracht. Er sah einfach perfekt aus, stellte Aimée fest, allerdings fiel ihm eine Strähne des schwarzen Haares wie immer vorwitzig ins Gesicht. Aimée hätte ihm gerne mit der Hand durch die Haare gewuschelt.

Cyrus schien von den bewundernden Blicken der anderen weiblichen Wesen nichts mitzubekommen. Er hatte nur Augen für Aimée. „Und, wie gefällt dir das Stück?", erkundigte er sich.

Aimée nippte an einem Glas Champagner. „Ehrlich gesagt, habe ich nicht viel mitbekommen. Etwas schwere Kost für unseren vorletzten Abend. Ich würde mich viel lieber mit dir unterhalten", gab sie zu.

Cyrus lächelte. „Mir geht es genauso. Ich hatte mir dieses Stück ehrlich gesagt etwas fröhlicher vorgestellt."

„Ein tragisches Liebesdrama ist selten fröhlich", bemerkte Aimée.

„Nun ja, ich wusste nur, dass es eine Liebesgeschichte sein sollte. Tut mir leid. Wollen wir abhauen?"

Aimée nickte. „Ich hole meine Jacke." Sie raffte den Rock ihres langen Kleides und ging zur Garderobe.

Sie bummelten durch die Straßen in Richtung einer Bar, als Aimée einen seltsamen Mann bemerkte. Er lehnte an einer Hauswand, trug einen abgewetzten alten Frack und einen Zylinder, unter dem lange graue Haare hervorlugten. Trotz der Abenddämmerung waren seine Augen hinter einer verspiegelten Sonnenbrille verborgen. In den Händen hielt er eine Geige. Das Instrument klang ein wenig verstimmt, aber der Mann entlockte ihm dennoch eine sehnsuchtsvolle Melodie, die Aimée sofort berührte. Vor ihm auf dem Bürgersteig stand ein offener Geigenkoffer, in den noch niemand ein Geldstück geworfen hatte.

Aimée blieb stehen und kramte ihr Portemonnaie aus der Tasche. Sie zog eine Pfundnote heraus und legte sie in den Geigenkoffer. Der Geigenspieler nickte ihr zu und begann „Requiem for a Dream" zu spielen. Etwas an dem Mann kam Aimée seltsam bekannt vor, wenn sie ihn auch nicht einordnen konnte. Als sie ein Stück weiter gegangen waren, drehte sie sich noch einmal um und sah ihn lächeln.

„Ist etwas?", fragte Cyrus.

„Nein." Aimée winkte ab. „Alles in Ordnung."

Sie setzten ihren Weg fort und Aimée beschloss, sich nicht mehr so viele Gedanken zu machen. „Also, wo gehen wir essen?", fragte sie.

„Das ist eine Überraschung. Aber wir haben noch etwas Zeit. Wollen wir vorher noch etwas trinken oder möchtest du lieber noch etwas spazieren gehen?"

„Lieber spazieren." Aimée blickte Cyrus liebevoll an. „Ich kann immer noch nicht glauben, dass morgen schon unser letzter gemeinsamer Tag sein soll."

Cyrus blieb stehen und zog sie in seine Arme. „Denk nicht daran. Wir werden jede Sekunde des Tages genießen."

„Darf ich dir etwas sagen?"

Cyrus hob fragend eine Augenbraue. „Natürlich. Alles."

Aimée suchte nach den passenden Worten. „Ich wollte, dass du weißt, dass ich dich vom ersten Moment an faszinierend fand. Schon bevor ich wusste, dass du ein Amordämon bist. Obwohl du mich abgelehnt hast, mochte ich deine ruhige und ernsthafte Art. Du wirktest wie ein Fels in der Brandung auf mich. Ich habe diese unglaubliche Wärme in deinen Augen gesehen und ich wollte nichts mehr, als in deinen Armen zu liegen. Ganz gleich, ob du Mensch oder Dämon bist."

Cyrus lächelte sie an. „So etwas Liebes hat noch nie jemand über mich gesagt."

„Es ist aber so."

„Und darf ich auch ehrlich zu dir sein? Als ich dich zum ersten Mal sah, wusste ich sofort, dass du mir gefährlich werden würdest." Er grinste.

„Wie meinst du das?"

„Ich habe sofort gespürt, dass du die eine Frau bist, an die ich mein Herz verlieren könnte. Aber egal wie kratzbürstig ich auch zu dir war, es hat nicht geholfen. Ich habe es verloren."

Aimée sah ihn mit großen Augen an. „Und ich dachte, du kannst mich nicht leiden."

„Nein", flüsterte er. „Ganz im Gegenteil. Und je mehr ich dich kennenlernte, umso schlimmer wurde es."

Aimée nickte. „Mir ging es genauso. Ich bin froh, dass du mich vor Arik gerettet hast und ich liebe unsere Gespräche über Philosophie, über Bücher und über Rotwein. Wie viel hätten wir noch gemeinsam erleben können? Ich meine, wir hatten bisher so wenig Zeit zusammen. Wir fangen doch gerade erst an, Pläne für unsere gemeinsame Zukunft zu machen, und jetzt soll sie schon zu Ende sein?" Aimée senkte betrübt den Blick.

„Nein, das ist sie nicht. Nutze die Zeit ohne mich. Du wolltest doch studieren? Schreib dich doch bei einer Uni ein. Wenn ich dann wieder komme, bist du vielleicht Ärztin oder Atomphysikerin. Wer weiß, wie dein Weg sich entwickelt …"

Aimée lachte. „Bei all dem Stress mit dem Dämonenrat habe ich mir gar keine Gedanken mehr darüber gemacht. Aber vielleicht hast du recht. Dennoch würde ich meine Zukunft lieber planen, wenn du an meiner Seite wärst."

„Ich werde immer bei dir sein." Er sah ihr tief in die Augen und dann küsste er sie.

Etwas später führte Cyrus sie zum OXO Tower. Er hatte einen Tisch in dem Tower Restaurant reserviert. Als der Ober sie zu ihren wunderschön gedeckten Tisch führte, hätte Aimée vor Begeisterung beinahe laut aufgejauchzt. Von ihrem Tisch aus hatten sie einen unglaublichen Blick auf die St. Pauls Cathedral und die City. Aimée konnte sich kaum sattsehen. „Wie schön die Themse im Abendlicht aussieht. Für mich ist London einfach die tollste Stadt der Welt."

„Für mich auch", murmelte Cyrus, sah dabei aber nur Aimée an.

Der Ober brachte die Weinkarte und Cyrus wählte für sie eine Flasche Clos Saint-Jean Châteauneuf-du-Pape Jahrgang 2006 aus. Aimée studierte die Karte und als der Ober den Tisch verließ, flüsterte sie Cyrus zu: „Das ist doch alles viel zu teuer. Du musst dich nicht so in Unkosten stürzen. Wir hätten uns auch einen gemütlichen Abend in der WG machen können."

„Ach, du hättest gerne auf diesen Blick verzichtet?", fragte Cyrus mit einem Schmunzeln auf den Lippen.

Aimée lächelte. „Um nichts in der Welt. Aber mit dir an meiner Seite wird jeder Blick unwichtig."

Cyrus griff nach ihrer Hand und streichelte sie. „Dennoch verdienst du die schönste Umgebung für unser gemeinsames Abendessen."

Die Menükarte überwältigte Aimée. Sie wählte eine Wildpilz-Lasagne aus, während Cyrus sich für gebratene Entenbrust an Risotto und Honigmöhrchen entschied. Zum Dessert wählten sie beide ein Karamell-Soufflé mit Schokoladeneis.

Aimée schloss die Augen, als sie sich den letzten Löffel des Soufflés in den Mund schob. „Hm, ein Traum!", schwärmte sie.

Als sie die Augen wieder öffnete, beugte Cyrus sich vor und stellte ein kleines Kästchen vor sie auf den Tisch. Sie starrte die dunkelblaue Schatulle an. „Ist das für mich?"

„Nein, das habe ich für unseren Kellner besorgt", scherzte Cyrus. „Na los, mach es auf."

Aimée nahm das Kästchen und öffnete es. Auf einem Samtkissen lag eine Kette mit einem geflügelten Herzanhänger.

„Oh mein Gott!", entfuhr es Aimée. „Die Kette ist wunderschön."

„Der Juwelier sagte mir, es ist eine Weißgoldkette und die Diamanten in dem Herz haben knapp ein Karat."

„Du bist ja verrückt!", rief Aimée.

Cyrus lächelte. „Darf ich sie dir umlegen?"

Aimée nickte.

Er stand auf und trat hinter sie. Aimée hob ihr Haar und er legte ihr die Kette um den schlanken Hals. Dann kehrte Cyrus zu seinem Platz zurück. „Sie steht dir. Das geflügelte Herz soll ewige Liebe symbolisieren. Unsere Liebe."

„Danke", hauchte Aimée und tastete nach der Kette. „Sie wird mich in einsamen Stunden an dich erinnern."

Cyrus nahm einen Schluck Wein und lächelte traurig. „Ich hatte zuerst überlegt, ob ich dir einen Ring kaufe. Aber das wäre nicht fair gewesen."

Aimée hob erstaunt eine Augenbraue. „Wie meinst du das?"

„Ich habe nachgedacht. Ein Ring würde dich binden und ich möchte dich nicht an mich binden. Zehn Jahre sind eine lange Zeit und du bist noch so jung. Versteh mich bitte nicht falsch, ich weiß, dass du mich liebst, aber wenn du dich in dieser langen Zeit anders entscheidest ..." Er stockte. „Wenn du jemand anderen findest und liebst ..."

„Das werde ich nicht", beteuerte Aimée sofort, aber Cyrus schüttelte den Kopf.

„Nein, hör mir zu. Ich möchte, dass du weißt, wenn du dich verliebst, werde ich es verstehen. Ich werde dich immer lieben, aber ich tue es ohne die Erwartung, dass du so viele Jahre deines Lebens mit Warten verschwendest. Für immer ist eine lange Zeit und die Zeit hat es so an sich, Dinge zu verändern. Ich möchte nur, dass du weißt, dass du in deinen Entscheidungen frei bist." Er sah ihr tief in die Augen.

Aimée schluckte. Sie wollte ihm erneut versichern, dass es für sie nie einen anderen Mann geben würde. Doch auch sie wusste, dass Cyrus recht hatte. Ihnen stand eine lange Zeit der Trennung bevor und sie war sehr glücklich, dass er ihr diese Worte gesagt hatte. Sie lächelte ihn an und ergriff seine Hand. „Ich liebe dich", hauchte sie.

Nach dem Essen schlenderten Aimée und Cyrus die mit Bäumen gesäumte Uferpromenade der Themse entlang. Der Geruch von Herbst hing in der Luft. Alles hätte so perfekt sein können, wenn morgen nicht ihr letzter gemeinsamer Tag gewesen wäre.

„Was möchtest du jetzt machen?", fragte Cyrus leise.

„Ich möchte nach Hause und mich in deine Arme kuscheln", antwortete Aimée.

Er nickte. „Ich rufe uns ein Dämonentaxi. Warte hier." Cyrus ließ Aimées Hand los und ging zur Straße.

Aimée lehnte sich an einen Baum und starrte auf das ruhige Wasser.

„Hallo Miss, ich möchte mich noch einmal für die Pfundnote bedanken", knarrte plötzlich eine Stimme hinter ihr.

Aimée fuhr herum und blickte erschrocken in das Gesicht des Geigenspielers von vorhin. „Das ist doch nicht nötig, Sir." Im Stillen fragte sie sich, warum ihr dieser Mann hier auflauerte. Sie wollte nach Cyrus rufen, der gerade nur ein paar Meter entfernt mit Kreide einige Symbole auf die Straße malte.

Der Geigenspieler lächelte unheimlich. „Sie brauchen sich nicht zu fürchten! Ich möchte Ihnen nur etwas geben." Damit streckte er Aimée ein in goldenes Papier eingewickeltes Bonbon entgegen. „Wenn all Ihre

Sorgen erdrückend werden. Lutschen Sie den Drops und alle Probleme sind gelutscht."

Aimée zögerte einen Moment und der Alte lächelte weiterhin.

„Nur keine Angst. Nehmen Sie das Bonbon als Dank an."

Sie blickte zu dem Geigenspieler auf. Seine grauen Haare, die unter dem schäbigen Zylinder hervorlugten, und die gelben Zähne kamen ihr irgendwie bekannt vor.

„Okay. Danke, Mister."

Der Geigenspieler nickte. „Und nun geh zu deinem Freund. Euer Taxi wartet."

Aimée blickte zur Straße, wo gerade ein Rolls-Royce hielt. Aber wie konnte der alte Mann wissen, dass es sich um ein Taxi handelte?

Sie drehte sich zu dem Mann um, aber er war verschwunden.

***

Jeremy ließ Keira lange ausschlafen. Es war fast schon Mittag, als sie erwachte. Der Geruch von frischem Kaffee, Toastbrot und Rührei stieg ihr in die Nase. Sie stand auf und ging in die Küche. Jeremy stand am Herd und briet Bacon und Lachsstückchen.

„Guten Morgen, meine Schöne", begrüßte er sie. „Ich habe einen kleinen Brunch für uns vorbereitet."

„Wie ich sehe, hast du auch an meinen geliebten Lachs gedacht."

„Natürlich. Möchtest du Kaffee oder Tee?"

Ich möchte dich, gleich hier, dachte Keira, aber sie sagte nur: „Ich nehme Kaffee, danke."

Jeremy kam mit der Pfanne zum Tisch und füllte ihre Teller.

Keira seufzte. „Das ist ja wie im Schlaraffenland. So ein wundervolles Frühstück hat noch nie jemand für mich gemacht."

„Dann lass es dir schmecken."

Keira langte ordentlich zu.

„Wie geht es nun weiter?", fragte Jeremy.

Keira ließ erstaunt die Gabel sinken. „Ich dachte, ich kann erst mal bei dir bleiben. Eigentlich wollte ich heute ein paar meiner Kleiderverstecke besuchen, um mir Sachen hierherzuholen. Ich kann ja nicht immer nackt herumlaufen. Ich dachte, das ist dir recht."

„Sicher, aber ich meinte eigentlich den Fall. Willst du weiter ermitteln oder dich an die Anweisung deines Vaters halten? Ich hatte den Eindruck, es war dir sehr wichtig zu beweisen, dass sich Sally nicht selbst umgebracht hatte."

Keira nickte. „Ich kann überhaupt nicht verstehen, dass ihre Eltern sich so schnell damit abgefunden haben. Gerade weil ihre Mutter noch so hervorgehoben hat, was für eine wundervolle Person Sally war. Sie hat sich sozial engagiert und Blut gespendet."

Jeremy runzelte die Stirn. „Hm. Hatte der Wer-Tiger nicht auch einen Blutspendeausweis in seiner Brieftasche?"

„Natürlich!", rief Keira aus. „Und Deacon hat mir berichtet, dass Danny oft zum Blutspenden ging, um eine warme Mahlzeit zu bekommen. Das ist es! Das ist die Verbindung!" Keira wurde ganz kribbelig. Sie fühlte, dass sie auf der richtigen Fährte waren.

„Das ist eine mögliche Verbindung. Wir wissen nur von drei Gestaltwandlern, dass sie Blutspender waren. Es gibt viele Blutspender und es muss nicht unbedingt etwas zu bedeuten haben."

„Aber das ist unsere einzige Spur bisher", bemerkte Keira treffend.

„Da gebe ich dir recht. Willst du deinen Freund, den Detective informieren?"

„Nein, ich will Deacon da nicht weiter mit hineinziehen. Außerdem musste er meinem Vater versprechen, mich aus den Ermittlungen rauszuhalten. Er wird sich an sein Wort halten und im schlimmsten Fall verhindern, dass wir auf eigene Faust nachforschen. Wir müssen es allein machen."

„Dann sollten wir zunächst herausfinden, ob alle Wandler bei der gleichen Institution gespendet haben."

Jeremy holte sein Smartphone und gemeinsam suchten sie im Internet die Adressen aller Krankenhäuser und Anlaufstellen raus, bei denen man Blut spenden konnte.

Während Keira duschte, holte Jeremy ihre Tasche und das grüne Kleid aus dem Buchsbaumstrauch des Nachbarhauses. Dann machten sie sich gemeinsam auf den Weg, um die Adressen abzuklappern.

Gleich beim ersten Krankenhaus tat sich ein Problem auf, denn natürlich wollte man ihnen keine Auskunft über die Spender geben. So mussten Keira und Jeremy zu ihrer bewährten Taktik greifen. Während Keira das Pflegepersonal ablenkte, verflüchtigte sich Jeremy zu Rauch und durchsuchte die Computerdateien. Das gestaltete sich mal mehr und mal weniger schwierig, aber obwohl sie zweimal fast erwischt wurden, gelang es ihnen, sich überall Zugang zu den Patientendaten zu verschaffen. Dennoch war das Ergebnis ernüchternd. Nirgendwo waren die Namen der Wandler verzeichnet. Am Abend standen nur noch zwei Adressen auf ihrer Liste.

Keira studierte die Adressen. „Das hier ist eine neue Pharmafirma, die ganz in der Nähe unserer Versammlungshalle liegt. Hoffentlich sieht uns da niemand."

„Dann sollten wir umso vorsichtiger sein. Ich möchte mich nicht mit deinem Vater prügeln müssen, um dich zu beschützen", scherzte Jeremy.

Keira grinste. „Ich werde es nicht so weit kommen lassen."

***

George betrat die WG-Küche und schnaubte. Es war ein einziges riesiges Chaos. Auf der Arbeitsfläche und in der Spüle türmten sich schmutzige Gläser und Tassen. Ihnen allen gemein war, dass sich darin Reste von Blut befanden. Es stank süßlich und im Schrank stand kein einziges sauberes Glas mehr.

George stellte die Tüte mit den Whiskyflaschen auf den Küchentisch. Am liebsten hätte er gleich direkt aus der Flasche getrunken oder sich in eine andere Dämension begeben. Aber das war nicht möglich, da er heute noch arbeiten musste. Er hatte die tägliche Liste von Cyrill eben im Dämensionskreis gefunden, dabei war er mit der Liste von gestern noch nicht einmal durch.

Entnervt ging George an den Kühlschrank und öffnete ihn. Darin befanden sich aber nur Beutel über Beutel von Blutkonserven. Wo zum Dämon waren die Lebensmittel geblieben?

Er wurde im Mülleimer fündig. George kochte innerlich. Und er hatte Frederic noch mit seiner Abneigung gegen Vampire aufgezogen. In diesem Moment betrat Jean-Claude die Küche.

„Aha, wenn man vom Engel spricht, zeigt er sein hässliches Gesicht", zitierte George ein Dämonensprichwort.

„Bonsoir!", grüßte Jean-Claude kurz und steuerte direkt den Kühlschrank an. Er griff sich ein Beutel 0 negativ und schlug direkt die Zähne hinein. Dann hielt er den Plastikbeutel über seinen Mund und ließ den roten Lebenssaft hineinlaufen.

„Widerlich", kommentierte George angeekelt. „Das ist ja wie Milch aus der Tüte trinken. Ich dachte, ihr Franzosen habt Kultur!"

„Was habt ihr Engländer nur immer mit uns Franzosen! Natürlich haben wir Kultur! Aber es ist kein sauberes Glas mehr da", beschwerte sich Jean-Claude.

„Ach was", bemerkte George sarkastisch. „Du hast sie schließlich alle benutzt."

„Bien sûr, ich trinke nie zweimal aus einem Glas!"

George ballte die Fäuste. „Wie wäre es dann, wenn du mal eins abwaschen würdest?", brüllte er.

„Ach, ihr Engländer, immer hektisch und immer brüllen, wenn euch etwas nicht passt."

„Ich bringe dich um!", drohte George.

„Falls du es vergessen hast, mein lockiger Freund: Ich bin bereits tot. Seit 80 Jahren. Und falls du es dennoch noch mal versuchen solltest, denke daran, dass Daniel mir absolute Unversehrtheit garantiert hat. Meinem Vater würde es sicherlich nicht gefallen, wenn seinem Lieblingssohn im wilden England etwas zustoßen würde."

George knirschte vor Wut mit den Zähnen.

Jean-Claude schlenderte aus der Küche und ließ George stehen. Wutschnaubend griff er nach einer seiner gerade gekauften Whiskyflaschen und bemerkte, dass sie leer war. Seine Augen weiteten sich, als er sah, welche Flasche mitten zwischen seinem Einkauf stand.

„Wie kommst du denn hierher?", schrie er aufgebracht.

Glen Walker kicherte hinterhältig in seiner Flasche. „Du hast gedacht, du kannst mich loswerden, wie? Aber das geht nicht so einfach."

George heulte auf. „Ich habe dich mehrfach in den Müll geworfen, aus dem Fenster, ans andere Ende der

Stadt gefahren und jetzt sogar in den Dämensionskreis gestellt. Wie kommst du immer wieder zurück?"

Glen Walker begann zu singen: „Bleib bei mir, mein Freund, bleib hier und trink noch ein Tröpfchen Rum. Hollerderie."

„Antworte gefälligst, du Quälgeist!", schnauzte George.

„Du hast mich als Geschenk angenommen. Also bleibe ich bei dir."

„Ich ertrage es nicht mehr!" George stöhnte auf. „Trink die anderen Flaschen auch ruhig aus, ich gehe jetzt arbeiten."

„Die sind schon leer", verkündete Glen und kicherte böse.

„Na toll, im Kühlschrank ist noch Blut. Trink das als nächstes."

***

„Hier sind wir richtig." Keira blickte die Straße hinunter. „Dieses Gebäude gehört einer Firma namens „New Human Pharmaceutics." Anscheinend kann man dort auch Blut spenden, für Forschungszwecke."

„Sieht ziemlich dunkel aus", bemerkte Jeremy.

„Ob wir hingehen und einfach mal klingeln sollten?", überlegte Keira.

Jeremy schüttelte den Kopf. „Ich glaube nicht, dass die uns so einfach Auskunft über ihre Blutspender geben, wenn wir da klingeln. In den Kliniken war der Zutritt deutlich leichter."

„Dann ist es vermutlich besser, du verschaffst dir gleich den Zutritt, wie du es beim Yard gemacht hast."

„Grundsätzlich stimme ich dir zu, aber hier wissen wir nicht, was uns erwartet und wo sich die Unterlagen befinden könnten. Oder ob sich die Akten überhaupt in diesem Gebäude befinden. Ich glaube, die Firma hat auch eine Zentrale in …"

„Warte, da kommt jemand", zischte Keira. „Schnell, hinter den Container!"

Im Licht der Straßenlaterne näherte sich eine ältere Frau. Sie trug ein rotes Kopftuch, war schwer bepackt und schlurfte langsam den Gehsteig entlang. Jeremy und Keira lugten vorsichtig hinter dem Container hervor und beobachteten die Alte.

Keira sog hörbar die Luft ein. „Ich kenne diese Frau."

Jeremy sah sie fragend an.

„Ja, ich hatte es fast vergessen, aber genau diese Frau mit all den Tüten habe ich in meiner Katzengestalt in der Bahn getroffen. Sie versuchte mich zu fangen."

„Dich zu fangen?" Jeremy zog eine Augenbraue hoch.

„Ja, angeblich wollte sie mir aus der Bahn helfen, aber ich hatte gleich ein merkwürdiges Gefühl bei ihr. Was macht sie jetzt?", flüsterte Keira.

Jeremy spähte um die Ecke. „Sie bleibt bei der Pharmafirma stehen. Jetzt klopft sie an die Tür."

„Wirklich?" Keira lehnte sich ebenfalls vor und beide beobachteten den Eingang gespannt. Eine Weile tat sich nichts. Dann öffnete eine hochgewachsene Gestalt mit langen Haaren und aschgrauer Haut die Tür. Der Mann trug einen langen schwarzen Mantel.

Keira schlug sich vor Schreck die Hand vor den Mund. „Sag mir, dass das nicht wahr ist!"

„Doch", grummelte Jeremy. „Es ist wahr. Das ist ein Engel. Einer der Wächterengel, mit denen sich die Kampfengel umgeben."

„Was hat denn ein vermaledeiter Wächterengel hier verloren?", fragte Keira panisch.

„Ich habe nicht den geringsten Schimmer. Vor allem würde mich interessieren, was die alte Frau da mit ihm verhandelt."

„Wir sollten näher heranschleichen“, schlug Keira vor.

„Warte, sie überreicht dem Engel etwas.“

„Sieht aus wie eine kleine Transportbox für Katzen“, murmelte Keira und sog dann scharf Luft ein. „Oh mein Gott. Sie bringt ihnen tatsächlich Wandler!“

Jeremy sah weiter zu der Frau. „Das steht nicht fest. Vielleicht fängt sie auch nur streunende Katzen und verkauft sie der Firma als Versuchstiere. Das ist zwar illegal, aber heißt noch nicht, dass sie mit den verschwundenen Wandlern zu tun hat. Allerdings spricht die Anwesenheit eines Wächters nicht unbedingt nur für unerlaubte Tierversuche.“

„Stimmt, und es dürfte ihr schwergefallen sein, einen Wer-Tiger zu überwältigen. Selbst in Menschengestalt sind diese Wandler verdammt stark.“ Keira überlegte. „Was machen wir jetzt?“

Sie starrten beide noch eine Weile auf die Eingangstür. Der Engel hatte sie wieder verschlossen und die alte Frau schlurfte davon. Als sie weg war, atmete Keira erleichtert auf.

„Auf jeden Fall läuft in dieser Firma irgendein krummes Ding“, stellte Jeremy fest.

„Wir müssen unbedingt da rein“, entschied Keira.

„Nein, ich muss da rein. Für dich ist es viel zu gefährlich.“

„Aber ich will dich nicht allein lassen“, wandte Keira ein.

Jeremy schüttelte den Kopf. „Ich könnte es nicht ertragen, wenn dir etwas passiert.“

Keira zögerte einen Augenblick. Sie blickte in Jeremys besorgte Augen und spürte förmlich seine Angst um sie. „Nun gut, was schlägst du vor?“

„Ich werde als Rauch in das Gebäude eindringen und mich erst einmal umschauen. Wenn ich innerhalb einer halben Stunde nicht wieder da bin, rufst du deinen

Freund Deacon an. Er soll dann mit Verstärkung hier-
herkommen. Du machst bitte nichts Unüberlegtes. Ver-
sprich es mir!“

Keira nickte. „Okay, ich rufe Deacon an.“

„Hier ist mein Smartphone.“

„Danke, und pass bitte auch auf dich auf. Mit Wäch-
terengeln ist nicht zu spaßen.“

Jeremy löste sich auf und Keira beobachtete von ihrem Standpunkt aus, wie eine schwarze Rauchwolke
auf die Pharmafirma zu schwebte.

KAPITEL 10

*Ade, ade! Ich ziehe von dir fort, kenn nicht das Ziel,
kenn weder Zeit noch Ort. Das Auge weint; es tut das
Herz mir weh, doch zag ich nicht. Ade, ade, ade!*
Karl May

Der Vollmond stand hoch am Himmel, als Aimée und Cyrus am Haus 27 im Princes Square ankamen. Es brannte kein Licht in den Fenstern.

„Wir scheinen die Wohnung für uns zu haben", flüsterte Cyrus in Aimées Ohr, als sie aus dem Taxi stiegen. „Ich habe da ein paar Ideen für uns."

„Und die wären?", fragte Aimée kokett. „Sex in der Dusche und auf dem Küchentisch?"

Er nahm sie in die Arme und küsste sie innig. Aimée drückte sich an ihn. Obwohl Aimée versuchte, es zu verdrängen, schmeckte dieser Kuss bereits nach Abschied. Ihr Herz fühlte ein sehnsuchtsvolles Ziehen, das immer mehr von ihr Besitz ergriff. Sie versuchte sich damit zu beruhigen, dass sie in dieser Nacht noch viele Küsse austauschen würden. So viele, dass sie für ganze 1.000 Dämonenjahre reichen würden.

„Hm, in jedem Zimmer der WG", flüsterte Cyrus in ihr Haar. „Wobei ich unser gemütliches Bett für den Anfang vorziehe."

Aimée sah ihn liebevoll an und ihre Lippen fanden sich erneut zu einem langen, sehnsuchtsvollen Kuss. In ihrem Unterleib spürte sie ein süßes Ziehen. Er strich über ihren Rücken und zog sie an sich. „Du raubst mir den Verstand, weißt du das?"

„Wir sollten keine Zeit mehr verlieren", drängte sie. Cyrus nickte und kramte in seiner Hosentasche nach dem Schlüssel.

Aimée blickte nach oben zu den dunklen Fenstern und hoffte, sie würden heute Abend tatsächlich ungestört sein. Sie wusste, dass die anderen Jungs Nachteulen waren. Um diese Zeit brannte immer Licht, wenn die anderen zu Hause waren. Sicherlich war Frederic noch im Club, seit gestern hatte er sich nicht blicken lassen und wahrscheinlich bei einer seiner Gespielinnen übernachtet. George arbeitete wohl noch die lange To-do-Liste vom neuen Amordämon ab. Dann kam ihr ein Gedanke. „Was ist mit Jean-Claude?"

„Er ist ein Vampir und vermutlich in London unterwegs. Sieh dir den Vollmond an, die Nacht ist doch wie geschaffen für einen Vampir. Er wird sich ins Nachtleben gestürzt haben."

Aimée war sich nicht sicher, ob der Vampir tatsächlich ausgegangen war. „Ich weiß nicht. Er ist fremd in diesem Land. Vermutlich ist es auch nicht gerade leicht für ihn, in einer Dämonen-WG zu leben. Vielleicht sollten wir Jean-Claude bei seinem neuen Leben mehr unterstützen."

„Du bist süß." Cyrus lächelte sie an, während er die Haustür aufschloss. „Jean-Claude ist ein alter und erfahrener Vampir. Der findet sich schon zurecht. Vermutlich ist er auf der Jagd und stellt hübschen Mädchen oder Knaben nach."

„Also ich weiß nicht. George hat heute Nachmittag erwähnt, dass Jean-Claude gerade mal etwas über 80 Jahre alt ist."

„Was?" Cyrus riss alarmiert die Augen auf. „Er kann nicht so jung sein. Das hätte Daniel uns doch gesagt."

„Doch, ich bin mir sicher. George meinte, Jean-Claude hätte es ihm selbst gesagt. Ich glaube, George wollte deswegen auch noch mit dir sprechen."

Cyrus raufte sich die Haare. „Wir müssen uns ganz schnell etwas einfallen lassen. Ein so junger Vampir ist eine akute Bedrohung für dich. Junge Vampire können ihren Blutdurst nicht kontrollieren. Mit 80 Vampirjahren ist er quasi ein Teenager." Cyrus' Gesichtsausdruck war ernst. „Wir müssen mit Daniel reden. Er muss eine andere Wohnmöglichkeit für Jean-Claude auftreiben. Ich kann dich nicht mit ihm allein lassen."

„Aber doch nicht mehr heute Abend, oder?"

„Nein, diese Nacht soll uns beiden ganz allein gehören. Ich kümmere mich morgen darum."

Aimée wollte einen Einwand erheben, denn morgen würde Cyrus in die Wüste geschickt.

„Vermutlich werden Sie mich erst gegen Abend holen, da habe ich noch genug Zeit", fügte er hinzu, als er ihren unsicheren Blick verstand. „Ansonsten werde ich George und Frederic bitten, sich darum zu kümmern. Wie ich die beiden kenne, werden sie nichts lieber tun als das."

Sie traten ein und gingen die steile Treppe zur WG hoch.

„Ich verschwinde noch einmal kurz ins Bad", sagte Aimée.

„Natürlich, Kleines. Ich öffne schon mal eine Flasche Wein für uns."

Er ging in ihr gemeinsames Zimmer, während Aimée die Badtür öffnete. Sie machte sich kurz frisch und als sie aus dem Bad kam, sah sie einen Lichtschein aus der WG-Küche in den Flur fallen. Neugierig ging sie in Richtung der Küche und erkannte Cyrus' dunklen Haarschopf. Er stand am Fenster und wandte ihr den Rücken zu.

„Na, was ist jetzt mit dem Rotwein, oder willst du mich doch hier auf dem Küchentisch nehmen?", flachste sie lächelnd. Doch dann drehte er sich um.

Aimées Herz setzte einen Schlag aus und sie hätte fast aufgeschrien, als sie die Eiseskälte in seinen Augen sah.

„Ach, du bist die kleine Schlampe, die mein Bruder besteigt.“

Völlig sprachlos stand Aimée vor dem fremden Typen. Er war Cyrus wie aus dem Gesicht geschnitten. Sein Haar ebenso schwarz, das Kinn markant, die Lippen sinnlich, aber seine Augen waren stahlblau und funkelten wie Eis in der Sonne. Sein Körperbau war athletisch, aber er schien ein paar Zentimeter kleiner zu sein als Cyrus.

Cyrill ging auf die erstarrte Aimée zu und umrundete sie. Er schnalzte mit der Zunge. „Also ich verstehe nicht, was mein kleiner Bruder an dir findet. Du bist doch ganz gewöhnlich.“

Aimées Schockstarre löste sich und sie stemmte die Hände in die Hüften. „Das ist kein Grund, so unhöflich zu sein“, fuhr sie ihn an. Sie hatte nicht vor, sich von diesem Dämon beleidigen zu lassen, auch wenn er Cyrus’ Bruder war.

„Tja, wie ich es mir gedacht habe. Ein einfaches, vorlautes Menschenkind. Wirklich erbärmlich, wie tief mein Bruder gefallen ist.“ Sein Blick triefte vor Verachtung.

„Was ist hier los? Ich habe Stimmen gehört und ...“ Cyrus brach ab, als er die Küche betrat.

„Wie es aussieht, beehrt uns dein Bruder mit einem überraschenden Besuch“, bemerkte Aimée kühl und warf Cyrill einen vernichtenden Blick zu.

Cyrus starrte Cyrill an. „Was machst du hier? George ist nicht da und ich könnte mir keinen anderen Grund vorstellen, weswegen du –“

„Der Amoridicius interessiert mich nicht“, unterbrach Cyrill seinen Bruder herrisch. „Er ist doch nur ein Laufbursche. Ich bin deinetwegen hier, Bruder.“

„Tatsächlich?“ Cyrus war anzumerken, dass er auf der Hut war. Irgendetwas führte sein Bruder im Schilde und es schien nichts Gutes zu sein. „Und was führt dich zu mir, Bruder?“ Cyrus betonte das letzte Wort auffällig. Aimée sah zwischen den beiden hin und her. So ähnlich sie sich auf den ersten Blick auch waren, so unterschiedlich waren ihre Ausstrahlung und ihre Augen. Während Cyrus Wärme ausstrahlte, ging von Cyrill nichts als eisige Kälte aus.

„Nun, zuerst wollte ich mir die kleine Menschenschlampe mal ansehen ...“

Cyrus knurrte. Seine Augen verfärbten sich von dem warmen Honigton zu einem dunklen Braun. „Du hast kein Recht, so über meine Gefährtin zu sprechen“, grollte er.

Cyrill legte ein selbstgefälliges Lächeln auf. „Habe ich nicht? Du weißt doch nicht einmal, was eine Gefährtin ist. Du solltest es zumindest nicht wissen, denn eine Gefährtin steht dir laut der Dämonenregeln nicht zu. Du hast dich der Liebe hingegeben und Sex mit diesem menschlichen Abschaum gehabt. Damit bist du nun ein Gefallener! Nicht wert, in den Dämensionen zu wandeln. Es ist eine Schande, dass du mein Bruder bist.“

„Wage es ja nicht, Aimée noch einmal Abschaum zu nennen, oder ich reiße dir den Kopf ab!“ Cyrus’ Muskeln spannten sich unter seinem Hemd.

Cyrill schien amüsiert. „Das ist ja noch viel schlimmer, als ich angenommen habe.“

Aimée ergriff Cyrus’ Arm und hielt ihn fest. „Dafür, dass du ein Amordämon bist, hast du eine verdammt schlechte Meinung von Menschen. Wie kannst du Liebespaare vereinen, wenn du sie so verachtest?“

„Ach, Menschlein, das ist ein Job. Mehr nicht.“ Cyrill sah Aimée nicht einmal an, während er ihr antwortete.

Cyrus’ Knurren wurde lauter. „Verschwinde von hier, oder ich vergesse mich, Bruder!“

„Tja, das kann ich leider nicht. Ich bin jetzt Amor von London und habe damit deinen Job übernommen. Also bin ich hier, um offiziell dein Amt zu übernehmen."

„Das hast du doch schon."

„Nun, ich habe mich bisher etwas umgeguckt. Aber du musst mir noch zeremoniell dein Amt übertragen. Das weißt du doch, werter Bruder. So hat es der Dämonen-Rat beschlossen. Außerdem bringe ich dir den offiziellen Vollstreckungsbescheid des Rates." Er legte eine Pergamentrolle auf den Küchentisch.

Cyrus nickte zerknirscht. „Also gut. Ich übertrage dir mein Amt, wie der Rat es angeordnet hat." Er stellte sich seinem Bruder gegenüber auf und begann in einer fremden Sprache zu sprechen. Cyrill antwortete ebenfalls in dieser Sprache. Es wirkte wie ein bizarres Ritual auf Aimée. Dann zeichnete Cyrus mit den Händen Zeichen in die Luft. Plötzlich schoss ein seltsames Licht aus seiner Brust hervor und fuhr in Cyrills Körper. Aimée bemerkte, wie Cyrus' Augen immer dunkler wurden und die Farbe von zwei schwarzen Löchern annahmen. Eine Gänsehaut lief ihren Rücken hinab. Es schien so, als sei damit ein Teil seiner Seele auf Cyrill übergegangen. Dieser lächelte kalt.

„So, und da dies nun geklärt ist, habe ich noch eine Nachricht für dich. Ich bin der vom Rat bestellte Trainer deiner Menschenfrau."

„Nein!", entfuhr es Aimée. Sie war zutiefst erschrocken. Mit diesem widerlichen Cyrill wollte sie nicht eine Sekunde verbringen müssen.

„Niemals! Das lasse ich nicht zu!", schrie Cyrus und ballte die Fäuste.

„Du wirst keine andere Wahl haben. Du hast das Urteil des Rates angenommen. Ich werde die kleine Schlampe unterrichten und sie nach meinem Geschmack formen." Cyrill grinste abgrundtief böse.

In diesem Moment rastete Cyrus aus. Bevor Aimée ihn zurückhalten konnte, stürzte er sich auf seinen Bruder und schlug ihm mit der Faust ins Gesicht. Cyrill flog gegen die Wand. Blut spritzte aus seiner Nase, doch er grinste weiter, während Cyrus ihm schwer atmend folgte und ihn wieder auf die Füße zog.

„Darauf habe ich nur gewartet, Bruder. Mich anzugreifen, war dein letzter Fehler." Cyrill lachte laut auf und nutzte Cyrus' kurze Verwirrung, um sich von ihm loszumachen. Dann fischte er ein kleines Stück weißen Stoffs aus seiner Tasche. Darauf waren seltsame Zeichen gemalt.

„Die Sigille des Rates?", entfuhr es Cyrus. Er trat einen Schritt zurück. „Was hat das zu bedeuten?"

„Das bedeutet, dass ich bemächtigt bin, dich sofort in die Wüste zu schicken. Bye, bye, Bruder!" Cyrill warf das Stoffstück auf den Boden und sofort öffnete sich ein Dämensionskreis. Gelber Nebel wallte um Cyrus herum auf.

„Nein!", schrie Aimée panisch und wollte auf Cyrus zustürzen, doch in diesem Moment öffnete sich der hohe Küchenschrank neben ihr und eine kräftige Hand packte sie am Kragen.

„Hiergeblieben, Mademoiselle", erklang die Stimme von Jean-Claude. „Sonst stürzt Ihr mit in die Wüste des ewigen Schweigens."

Doch Aimée wollte nicht hören und kämpfte gegen die Hand an. Sie sah noch, wie Cyrus ihr einen tieftraurigen Blick aus schwarzen Augen zuwarf. Seine Lippen schienen ihren Namen zu formen, doch sie hörte seine Stimme schon nicht mehr. Dann verschwand er in eine scheinbar endlose Tiefe.

Das gelbe Leuchten verblasste und der Kreis schloss sich wieder. Als wäre er nie da gewesen, lag der Küchenboden vor ihr. Jean-Claude ließ Aimée los und sie stürzte auf den Punkt zu, an dem eben noch Cyrus gestanden hatte.

„Nein“, schrie sie und schlug die Fäuste auf die Stelle, an der Cyrus verschwunden war. „Nein, nein, nein! Das ist nicht fair. Wir hatten noch einen Tag! Ihr habt es versprochen!“

„Nicht, wenn er den Boten angreift“, erklärte Cyrill kühl. „Das ist eine Vorsichtsmaßnahme des Rates.“

„Du!“, rief Aimée erbost und sprang auf. „Das hast du absichtlich gemacht, du Monster!“

„Tz, tz, tz, wer wird denn da so widerborstig sein? Denke daran, ich bin dein dämonischer Trainer, Menschlein. Und ich werde dir das Leben zu Hölle machen, wenn du mir nicht mit Respekt begegnest. Darauf kannst du Gift nehmen!“

„Verschwinde, oder ich vergesse mich“, zischte Aimée. Sie sah sich um und griff nach einem Küchenmesser aus dem Messerblock. „Sofort!“, schrie sie.

Cyrill lachte nur. Blitzartig packte er Aimée an der Kehle und drückte sie mühelos gegen die Wand. Kalt blitzten seine Augen über ihr. „Wage es ja nicht noch einmal, mich mit einem Messer zu bedrohen.“

Er drückte so fest zu, dass Aimée kurz die Luft wegblieb. Sie ließ das Messer fallen und Cyrill lockerte den Griff.

„Na also. Geht doch! Dass ihr Menschen immer nur auf die harte Tour lernt. Ich hole dich morgen früh hier ab.“ Er stieß Aimée zu Boden und ging seelenruhig aus der Küche. Aimée hörte unten die Tür zufallen.

Plötzlich liefen ihr heiße Tränen über die Wangen und sie fing an, herzzerreißend zu schluchzen. Ihr ganzer Körper zitterte, während sie mit den Fingernägeln verzweifelt über den Küchenboden kratzte, so als könnte sie den Dämensionskreis damit wieder öffnen.

„Nicht weinen, mein Zucker'äschen", erklang die Stimme von Jean-Claude aus dem halb geöffneten Schrank.

Aimée beruhigte sich langsam. Sie schniefte und sah zu ihm hoch. „Was machst du überhaupt im Küchenschrank? Und wieso hast du mir nicht geholfen?"

„Excuse-moi! Aber ich kann nicht aus dem Schrank."

„Warum nicht?", fragte Aimée verwundert.

Jean-Claude zeigte auf das Fenster. „Der Vollmond, er scheint in die Küche herein."

„Moment mal, du willst mir doch nicht sagen, dass du Angst vor dem Vollmond hast, oder?"

„Doch", quäkte die Stimme des Vampirs kleinlaut aus dem Schrank. „Er hat mich überrascht, als ich in die Küche kam, um mir eine Blutkonserve zu holen. Er schien plötzlich hier durch das Fenster herein."

„Und da hast du dich im Schrank versteckt?"

„Oui! Der Vollmond ist böse. Unter ihm wandeln Werwölfe und ich fürchte die Werwölfe. Deswegen bin ich ja hier. Meine Familie meint, ich solle hier meine Furcht ablegen. Sie schämen sich für mich und haben mich aus meinem geliebten Frankreich verbannt." Nun schluchzte der Vampir.

„Das glaube ich jetzt nicht", murmelte Aimée.

„Aber bitte, ma petite, verrate mich nicht. Die anderen würden nur über mich lachen."

Traurig senkte Aimée den Kopf und zog die Knie an den Körper. „Nein, ich werde dich nicht verraten. Und zum Lachen ist mir auch nicht zumute."

***

Der Assistent hatte minutenlang wie am Spieß geschrien, nachdem der Doktor ihm das Serum verabreicht hatte. Als die Verwandlung einsetzte, verdrehte

Bruce wie bei einem epileptischen Anfall die Augen und zuckte am ganzen Körper. Sein Kopf verformte sich und zwei riesige Facettenaugen schälten sich aus dem Schädel des Mannes. Fein gemaserte Flügel durchbrachen sein Rückgrat und Blut spritzte, während Bruce weiter schrie. Sein Körper begann sich gelbschwarz einzufärben, doch als sich die dünnen Beine aus seinem Abdomen herausbohrten, verendete Bruce unter qualvollen Schmerzen. Ein letztes Röcheln drang über seine Lippen.

Der blonde Mann starrte auf die unförmigen Überreste des Laborassistenten. Neben ihm stand der Doktor und zuckte die Schultern. „Tja, das war wohl nichts. Für den nächsten Versuch sollte ich das Serum noch weiter optimieren. Aber habt keine Sorge, Herr –"

Weiter kam der kleine Wissenschaftler nicht, denn sein hochgewachsener Gast mit der aschfahlen Haut packte ihn am Kragen und schleuderte ihn gegen die Wand. „Ihr wagt es, ein Wandlerserum aus einem Insektenwandler zu extrahieren? Was habe ich Euch aufgetragen?"

„Beruhigt euch", keuchte der Wissenschaftler, der sich mühevoll aufrappelte. „Ihr wolltet ein Serum, damit eure Armee über die Macht der Körperwandlung verfügt und genau das habe ich erstellt."

„Aber ich habe dir befohlen, nur Säugetierwandler für die Experimente zu nehmen! Insekten sind mit unseren Körpern nicht kompatibel. Was meinst du, was geschehen wäre, wenn ich eine meiner Wachen dafür geopfert hätte statt diesen wertlosen Menschen?"

„Aber bei den Säugetierwandlern hat es nicht funktioniert. Sie sind alle zu früh gestorben und Ihr habt Resultate gefordert, Herr!"

„Die fordere ich auch jetzt noch von dir. Du stehst in meiner Schuld. In drei Tagen will ich Ergebnisse sehen, mit einem echten Wandlerserum."

„Aber ... ich habe keinen Assistenten mehr und wir brauchen dazu neue Probanden. Ich schaffe das niemals in drei Tagen. Die Wandler, die wir noch in den Käfigen haben, sind alle mehr tot als lebendig", stammelte der Wissenschaftler.

„Es ist mir egal, wie viele Wandler du benötigst, wenn du nur erfolgreich bist. Meine Handlanger werden dir neue Wandler beschaffen."

„Aber wie soll ich ...", wagte der Doktor einen Einwand.

„Besorg dir einen neuen Assistenten. Wenn du mich das nächste Mal rufst, verlange ich Erfolgsnachrichten."

Der Wissenschaftler strich seinen weißen Kittel glatt und neigte ergeben den Kopf. „Ja, Arik, mein Herr."

Arik nickte und wandte sich zum Gehen. An der Labortür drehte sich der Heerführer der Kampfengel noch einmal um und sagte in gefährlich ruhigem Ton: „Und wage es ja nicht wieder, mich zu hintergehen. Das nächste Mal zeige ich vielleicht keine Gnade mit dir."

***

Eine Stunde später saß Aimée immer noch wie ein Häufchen Elend in der Küche. Jean-Claude schnarchte leise im Küchenschrank und Aimée fühlte sich von Gott und der Welt verlassen. Cyrus war fort. Sie konnte es immer noch nicht fassen, dass sie ihn nun zehn Jahre nicht mehr sehen sollte. Sie hatte nicht einmal Zeit gehabt, ihn richtig zu verabschieden. Er wurde vor ihren Augen aus dieser Welt gerissen. Ihre Gedanken wanderten noch einmal zu ihrem letzten gemeinsamen Abend und plötzlich fiel ihr der komische Geigenspieler wieder ein, der ihr das Bonbon geschenkt hatte. Was hatte er noch gleich gesagt? *Lutschen Sie den Drops und alle Probleme sind gelutscht.* Ein verrückter Spruch, aber Süßigkeiten sollten ja bekanntlich glücklich machen, also wühlte Aimée in ihrer Handtasche nach dem Bonbon. Sie fand es, wickelte das Bonbonpapier ab und steckte den Inhalt in den Mund. Es schmeckte komisch. Sauer und süßlich zugleich, mit einem Hauch Pfeffer.

Während sie noch versuchte, die Geschmacksrichtung zu erkennen, verschwammen plötzlich die Konturen vor ihren Augen. Alles um sie herum löste sich auf, um sich in Sekunden wieder anders zusammenzusetzen.

Sie befand sich an einem völlig anderen Ort. Es war ein schummriger Laden. Aimée stutzte, sie kannte diesen Laden. Hier hatte alles angefangen! Es war der Laden von diesem verrückten Trödelhändler Artkis Ramschus, der ihr den kleinen Teelöffel zum Schutz vor den Häschern ihres Bruders geschenkt hatte. Der Laden sah aus wie immer. Hinter dem Tresen ragten dunkle Regale auf, in denen in Leder gebundene Bücher standen. Seitlich am Verkaufstresen stand immer noch die lebensgroße Schaufensterpuppe, die in einen alten Frack gekleidet war und einen Zylinder auf dem Kopf trug. Aber etwas war neu: Auf dem Tresen lag ein riesiger schwarzer Kater und starrte Aimée aus grünen Augen an. Sein puscheliger Schwanz bewegte sich leicht hin und her.

„Ah, da ist ja die kleine Aimée!", rief eine knarrende Stimme. Aimée drehte sich um und sah Artkis Ramschus, der aus einem Hinterzimmer in den Verkaufsraum schlurfte. „Na, womit kann ich heute dienen? Ich habe hervorragende Brusthaartoupets reinbekommen."

„Ehrlich gesagt möchte ich nichts kaufen", stammelte Aimée und fragte sich, ob sie träumte.

„Aber warum störst du mich dann beim Abendessen?" Er klang verwundert.

„Ich weiß überhaupt nicht, wie ich hierhergekommen bin."

Arktis wirkte erstaunt. „Aber du hast doch das Bonbon gelutscht, oder nicht?"

Jetzt dämmerte es Aimée. Der Geigenspieler mit dem Zylinder war Artkis Ramschus gewesen.

„Oder möchtest du lieber etwas Erbsensuppe mit Minzsoße probieren? Ich habe noch einen Teller übrig", bot Artkis an.

Der Kater maunzte lautstark und stäubte das Fell.

„Sei still, Othello", schimpfte Artkis. „Es gibt Leute, die meine Kochkünste zu würdigen wissen!"

Othello warf ihm einen verachtenden Blick zu.

„Na, wie sieht's aus?" Artkis grinste sie an und entblößte seine gelben Zähne.

„Das ist sehr freundlich von Ihnen, aber nein danke."

„Was brauchst du dann?", erkundigte sich Artkis.

„Ehrlich gesagt … ich persönlich brauche nichts. Mich interessiert nur, wie ich Cyrus retten kann."

Artkis wiegte den Kopf hin und her und überlegte. Er holte eine Schale mit Wasser aus einem Regal. In der Schale schwammen Quietscheentchen. Er stupste eine mit dem Finger an und betrachtete mit einem schiefen Lächeln die kleinen Wellen, die dabei entstanden. „Ah, dein Freund ist in der Wüste des ewigen Schweigens gefangen!", rief er.

„Genau so ist es", bestätigte Aimée.

„Eine teuflische Strafe. Tja, da kann man nichts machen."

„Aber haben Sie nicht irgendetwas in Ihrem Laden, das mir helfen könnte, ihn zu retten?" Aimée drehte sich wie ein Kreisel und streckte die Arme aus, um all die seltsamen Gegenstände hier miteinzufassen.

„Also möchtest du doch etwas kaufen?"

„Nein ... ja, ich meine ...“

„Du musst dich schon entscheiden, junge Dame.“

Aimée holte tief Luft. „Also, falls Sie etwas haben, das mir helfen könnte ihn zu retten, würde ich es schon kaufen.“

„Gut, gut.“ Arktis rieb sich die Hände. „Und was kannst du mir für meine Hilfe bieten?“

Aimée zog ihr Portemonnaie aus der Umhängetasche und schüttete den Inhalt auf den Tresen. „Das ist alles, was ich habe.“

Artkis warf nur einen flüchtigen Blick auf ihre Barschaft. „Das ist zu wenig.“

„Aber mehr habe ich nicht“, beteuerte Aimée.

„Ich bin nicht an deinem lächerlichen Geld interessiert. Kannst du mir nicht etwas anderes anbieten?“

Aimée überlegte fieberhaft, was sie Artkis anbieten konnte, und kaute nervös auf ihrer Unterlippe herum. Sie öffnete erneut ihre Umhängetasche und sah, dass George ihr anscheinend Glen Walkers Flasche in ein Seitenfach gesteckt hatte. Er versuchte wirklich auf jedwede Art, den Flaschengeist loszuwerden. Da kam Aimée ein Gedanke. Sie holte die Flasche aus ihrer Tasche. „Ich hätte da etwas sehr Besonders für Sie.“

„Ah, ein alter schottischer Malt-Whisky“, freute sich Artkis.

„Ja, aber ich will ganz ehrlich zu Ihnen sein. Die Flasche ist leer, bis auf einen Dschinn, der darin wohnt. Und der ist nicht besonders freundlich.“

„Ausgezeichnet!“ Artkis rieb sich die Hände. „Wirklich ganz ausgezeichnet. Einen Flaschengeist wollte ich schon immer haben. Also abgemacht, du gibst mir den Flaschengeist und ich gebe dir einen Hinweis.“

Aimée nickte.

Artkis überlegte einen Moment, dann holte er ein Päckchen unter seinem Tresen hervor. Darin waren Tarotkarten. „Das sind nicht irgendwelche Karten“, erklärte Artkis. „Es sind die Karten des Meisters! Sie gehörten einem sehr talentierten Magier in einer Zaubererschule. Ich habe sie von einem Muggel gekauft."

„Was ist ein Muggel?", fragte Aimée.

Artkis kicherte. „Ich habe keine Ahnung."

„Äh, ja …"

„Sie können dir jede Frage beantworten."

„Also gut, meine Frage lautet: Wie kann ich die Strafe des Rates abwenden?"

„Zieh eine Karte", forderte Artkis sie auf.

Aimée betrachtete die Karten kurz und zog. Die Karte zeigte ein Skelett mit einer Sense.

„Das ist der Tod", erklärte Artkis.

„Oh!"

„Der Tod bedeutet ein Ende, aber auch einen neuen Anfang", deutete Artkis die Karte.

Aimée schluckte schwer. „Und was bedeutet das jetzt für mich?"

„Es gibt nichts, was den Spruch eines Rates brechen kann, außer dem Spruch selbst. Hast du zufällig den Vollstreckungsbescheid dabei?"

Aimée nickte und griff in ihre Umhängetasche. „Hier, bitte."

Artkis griff danach und entrollte das Pergament. Er nahm sich eine Lupe und studierte das Blatt ausgiebig. Othello maunzte erneut. „Hetz mich nicht! Gut Ding will Weile haben", wies Artkis den Kater zurecht und beugte sich konzentriert vor. „Ah ja, hier ist etwas!", rief er Minuten später.

Aimée hielt den Atem an.

„Nein, doch nicht."

Aimée hätte schwören können, dass Othello in diesem Moment die Augen verdrehte. Er ging zu Artkis, setzte sich auf das Pergament und fing an zu würgen. Der Kater kotzte ein paar Grashalme und Haare auf das

Pergament und stand dann würdevoll auf, um an seinen Platz zurückzugehen.

Artkis wischte die Hinterlassenschaft des Katers mit seinem Hemdsärmel weg und fing an zu strahlen. „Du hast es mal wieder erfasst, mein bester Othello."

„Was?"

„Also, kleine Dame, hier steht, dass die Strafe endet, wenn Cyrus aus der Wüste des ewigen Schweigens zurückkommt."

„Ja, richtig, aber ..."

„Es steht nicht dort, dass dies erst nach 1.000 Jahren passieren muss. Die Ratsmitglieder holen ihn nach 1.000 Dämonenjahren wieder zurück, aber wenn er einen anderen Weg zurück findet ..." Artkis beendete seinen Satz nicht, sondern machte eine umfassende Geste.

„Gut, aber wie soll er zurückkommen? Nur der Rat hat die Macht ihn zu holen, oder haben Sie etwas im Laden, das ihn zurückholen kann?"

„Oh, schon so spät. Du musst jetzt gehen. Meine Suppe wird kalt." Artkis drehte sich um.

„Nein, warten Sie, Mr. Ramschus!"

Doch schon verschwamm der Laden vor Aimées Augen und sie befand sich wieder in der WG-Küche.

KAPITEL 11

Wenn ich kämpfen sage, wird hier so lange ge-
kämpft, bis alle unterm Tisch liegen.
Ragnar Daniel, Pugna-Kampfdämon 1. Garde

Keira wartete unruhig hinter dem Müllcontainer. Die Zeit verstrich unendlich langsam. Ein Blick auf das Smartphone zeigte ihr, dass mittlerweile 29 Minuten vergangen waren. Sie wurde immer nervöser. Wo blieb Jeremy nur? Sollte sie Deacon anrufen? Für einen Augenblick überlegte Keira, sich zu verwandeln und zu versuchen, in das Gebäude einzudringen, aber dann dachte sie daran, was Jeremy ihr gesagt hatte.

„Also gut", flüsterte sie. „Keine unüberlegten Aktionen." Schnell tippte sie Deacons Nummer ein, die sie sich schon beim ersten Blick auf seine Visitenkarte gemerkt hatte. Während sie mit dem Handy am Ohr darauf wartete, dass Deacon abhob, spähte sie erneut hinter dem Container hervor. Der Eingang der Pharmafirma lag verlassen da.

„Komm schon, Deacon, nimm endlich ab", fluchte Keira leise, als sie plötzlich ein Geräusch hinter sich hörte. Sie fuhr herum und stand der alten Frau gegenüber.

„Hallo, mein Täubchen!"

„Sie? Aber wieso ...", begann Keira, doch weiter kam sie nicht.

Blitzschnell hob die Alte die Hand und drückte Keira einen Elektroschocker an den Arm. Ein unglaublicher Schlag fuhr durch Keiras Glieder und ließ ihre Beine wegsacken. Während ihre Sinne schwanden, bemerkte sie noch, dass das Handy zu Boden fiel und unter den Container rutschte. Keira schlug hart auf dem Boden auf und rührte sich nicht mehr.

Als Keira erwachte, lag sie nicht mehr auf der Straße, sondern in einer Zelle. Ihr Kopf lag auf ein Jackett gebettet und schmerzte höllisch. Vorsichtig fuhr sie mit der Hand an ihre Stirn. Dort klebte Blut. Sie musste sich beim Sturz eine Platzwunde zugezogen haben.

„Keira!", hörte sie Jeremys besorgte Stimme. „Allen Dämonen sei Dank, du bist wach." Er zog sie an sich und half ihr auf.

„Wo sind wir?", fragte Keira.

„In den Händen dieser Verbrecher", knurrte Jeremy. „Ich habe gerade unser Gefängnis nach einer Fluchtmöglichkeit abgesucht."

Keira sah sich um. Sie befanden sich in einer Zelle mit metallenen Wänden, nur die vordere war aus Glas. Gegenüber der Zelle standen mehrere Monitore auf einem Tisch, die verschiedene Kameraeinstellungen zeigten. Bilder von der Außenseite des Gebäudes, auf denen nun auch die Straße und der Container zu sehen waren, wechselten sich mit Ansichten des Eingangs, einer Laderampe und der Seitenansicht ab. Andere Monitore zeigten Flure und Gänge im Inneren. Außerdem waren Räume mit Käfigen zu erkennen, in denen unförmige Bündel auf dem Boden lagen. Keira erkannte erst auf den zweiten Blick, dass es sich um Menschen handeln musste. Sicher ebenfalls Wandler. An der gegenüberliegenden Wand befand sich noch ein kleines Fenster, hinter dem sie die dürren Zweige eines Baumes und den Nachthimmel ausmachte. Neben dem Tisch standen zwei kleinere Käfige. Sie waren leer, ebenso wie der Rest des Raumes.

„Was ist passiert?", erkundigte sich Jeremy.

„Ich wollte gerade Deacon anrufen, als mich diese alte Frau überrumpelt hat. Sie tauchte plötzlich hinter mir auf und hatte einen Elektroschocker. Der muss verdammt viel Power gehabt haben, ich bin gleich zu Boden gegangen. Mir tut noch jeder Muskel weh“, erzählte Keira und rieb sich stöhnend den Arm.

„Hast du den Detective noch gesprochen?“

Keira schüttelte den Kopf. „Er ging nicht ran.“

„Verfluchter Mist.“

„Das kannst du laut sagen. Wie haben sie dich erwischt?“

Jeremy deutete auf die Monitore. „Ich nehme an, jemand hat mich entdeckt. Ich musste Gestalt annehmen, um eine Brandschutztür zu öffnen, durch die ich in Rauchform nicht durchkam. Kurz danach wurde ich von hinten niedergeschlagen und bin hier in dieser Zelle aufgewacht. Nur kurz vor dir.“

„Dann hast du also nicht gesehen, wer mich hierhergebracht hat?“, fragte Keira.

„Nein.“ Jeremy schüttelte bedauernd den Kopf.

Keira sah sich in der leeren Zelle um. „Wir müssen hier raus. Gibt es irgendeinen Lüftungsschacht, durch den du entkommen kannst?“

„Danach habe ich auch schon gesucht, aber nein. Ich nehme an, unsere Gegner wissen sehr wohl, mit wem sie es zu tun haben, sonst hätte diese Zelle sicherlich Gitterstäbe, wie die Käfige der Wandler. Aber das hier scheint stabiles Plexiglas zu sein.“

„Wenn es keine Lüftung gibt, dann bedeutet das ja ...“

„Dass wir über kurz oder lang ersticken werden“, führte Jeremy ihren Gedanken weiter. „Ich kann mich eine Weile lang in meiner körperlosen Form in einem Raum ohne Sauerstoff bewegen, aber du ...“ Er stockte für einen Moment. „Du hast nicht so lange Zeit.“

Keira ließ den Kopf hängen. „Ich kann mich zur Katze wandeln, dann brauche auch ich weniger Luft. Aber das werde ich erst tun, wenn es nicht mehr anders geht, sonst können wir nicht miteinander sprechen. Dennoch steht fest, dass wir verloren sind. Egal was wir machen, die Luft reicht nicht ewig. Niemand weiß, dass wir hier sind und das ist alles meine Schuld."

„Unsinn, du wolltest doch nur helfen." Jeremy zog Keira sanft in seine Arme. „Und schließlich hattest du mit deinem Verdacht recht. Hier werden Wandler gefangen gehalten und gequält."

„Ja, aber was nutzt uns dieses Wissen, wenn wir auch sterben?" Sie klammerte sich an Jeremy wie eine Ertrinkende.

In diesem Moment ging die Tür auf und ein kleiner, grauhaariger Mann in einem weißen Kittel betrat den Raum. Ihm folgten ein weiterer Mann und zwei Engel.

Der grauhaarige Mann trat an den Schreibtisch, auf dem die Monitore standen, und betätigte einige Schalter. Über Keira und Jeremy knackte es. Sie sahen nach oben und erblickten einen kleinen Lautsprecher.

„Herzlich willkommen bei New Human Pharmaceutics, meine Freunde. Mein Name ist Doktor Montague, dies ist mein neuer wissenschaftlicher Assistent Ian und diese beiden Herren dürften Sie vielleicht kennen."

Jeremy blickte finster auf den Heerführer. „Arik!"

Der Engel setzte eine herablassende Miene auf. „So sieht man sich wieder, Dämon."

„Lassen Sie uns sofort frei!", rief Keira.

„Oh, das geht leider nicht, meine Liebe. Uns gehen die Probanden aus und da Sie nun so freundlich waren, sich freiwillig für die Versuche zu melden, muss ich auf Ihre Teilnahme an meinem Experiment bestehen." Doktor Montague lächelte schmallippig.

„Von wegen freiwillig", zischte Keira.

„Was hat das alles zu bedeuten?", mischte sich Jeremy ein.

„Das wisst ihr nicht? Wir stehen vor einem wissenschaftlichen Durchbruch, der die gesamte Evolution verändern wird!“ Die Augen des kleinen Wissenschaftlers glänzten fanatisch.

„Ach ja?“, fragte Keira kühl. „Und dafür töten Sie Wandler?“

„Für die Wissenschaft ist kein Preis zu hoch und kein Opfer unnötig. Diese Wechselbälger haben ihr Opfer der Wissenschaft gebracht. Wie Sie es auch bald tun werden, meine Liebe.“

„Ich denke gar nicht daran!“, schrie Keira.

„Na, na, wahren Sie doch die Contenance. Ich fürchte, Sie werden gar keine andere Wahl haben. Es sei denn, Sie ziehen es vor, in Ihrer Zelle zu ersticken. Das wäre doch schade, da Sie mit Ihrem Leben so viel mehr bewirken können.“

Keira schnaubte. „Und zwar?“

„Sie werden Teil unseres Serums. Ein Serum, das es jedem Menschen und Engel ermöglicht, eine andere Gestalt anzunehmen. Bald werden Sie keine Außenseiter mehr sein, wenn auch die Menschen ihre Form wandeln können.“

„Ah, ich verstehe. Ihr wollt die Fähigkeit der Wandler für Eure Kampftruppen, Arik“, stellte Jeremy zornig fest. „Wie abartig muss Euer Geist sein, um unschuldige Leben für diese Gabe zu opfern!“

Um die Mundwinkel des Engels zuckte es. „Wenn das hier vorbei ist, werde ich dich persönlich in die Hölle schicken, in die du gehörst, Dämon.“

„Versuch es nur!“

„Ich verstehe nicht, wie die Wandlung in eine Katze oder ein Frettchen die Engel im Kampf unterstützen sollte“, fuhr Keira dazwischen. „Gut, der Wer-Tiger wäre noch was gewesen und klar ist es cool, eine Katze zu sein, aber sonst ...“

Der Wissenschaftler schlug mit der flachen Hand auf den Schreibtisch. „Haben Sie es denn immer noch nicht verstanden? Wir wollen die Quintessenz der Wandlergene für unser Serum gewinnen. Die Wandlungsfähigkeit selbst soll in der DNA der jeweiligen Personen eingespeichert werden. Damit es funktioniert, müssen es Säugetierwandler sein, denn nur sie passen zu der DNA von Engeln. Sie sollen sich in alles verwandeln, was sie wollen!"

Fassungslos starrte Keira ihn an. „Sie sind ja verrückt!"

„Komisch." Der Wissenschaftler wiegte den Kopf hin und her. „Das höre ich immer wieder." Dann wandte er sich seinem Assistenten zu. „Ian, bereite im Labor alles vor. Als nächstes Versuchsobjekt haben wir ein Kätzchen."

„Natürlich, Doktor", sagte Ian und eilte aus dem Raum.

Doktor Montague blickte auf seine Armbanduhr. „Sie haben noch etwa zwei Stunden Zeit, ihr Dasein zu genießen, bis unsere Vorbereitungen abgeschlossen sind. Also machen Sie es sich gemütlich. Die Luft sollte in der Zelle bis dahin reichen. Und machen Sie keine Anstalten zu fliehen, es wäre vergebliche Lebensmühe. Wir holen Sie dann nachher ab."

„Sie widern mich an", rief Keira erbost.

Der Doktor zuckte mit den Schultern. „Kommen Sie, wir wollen uns ins Labor begeben."

Arik und sein Wächterengel warfen den Gefangen noch einen kalten Blick zu, bevor sie dem Wissenschaftler gemessenen Schrittes folgten.

Als die Männer den Raum verlassen hatten, sackte Keira in sich zusammen. Erschöpft lehnte sie sich gegen die Metallwand und schüttelte den Kopf. „Sie werden uns umbringen wie all die anderen und wir können nichts dagegen tun."

„Von wegen! Sobald sie die Zelle öffnen, werde ich sie angreifen. Sie bekommen dich nicht! Nur über meine Leiche!" Jeremys Miene zeigte wilde Entschlossenheit.

Zaghaft lächelte Keira ihn an. „Dennoch haben wir keine Chance, hier herauszukommen."

Jeremy öffnete schon den Mund, da hielt er inne und deutete auf die Monitore. „Vielleicht doch. Ist das da auf der Straße bei dem Container nicht der Detective?"

Keira folgte seinem Blick und stand sofort wieder auf. „Ja!"

„Er bückt sich und scheint etwas zu suchen."

„Ich nehme an das Handy, das mir runtergefallen ist. Es ist unter den Müllcontainer gerutscht. Er muss es geortet haben."

„Ja, jetzt hat er es. Mist, die Kamera schwenkt."

Keira begann in der Zelle auf und ab zu laufen. „Das nutzt uns nur nichts. Wie sollen wir ihn auf uns aufmerksam machen?"

Jeremy musterte sie nachdenklich. „Stimmen die Geschichten, dass Gestaltwandler zu Familienmitgliedern telepathisch Kontakt aufnehmen können?", fragte er.

„Ja ... nein! Also, das ist kompliziert. Es geht nicht bei jedem Mitglied des Clans. Nur bei engen Beziehungen untereinander. Man muss dem Wandler besonders verbunden sein. Es ist etwas sehr Intimes. Außerdem darf er nicht zu weit entfernt sein", dozierte Keira.

„Ich glaube, näher kommt der Detective nicht an uns ran. Ist das zu weit?"

„Ich weiß es nicht. Außerdem ist er kein Mitglied meiner Familie, er ist nicht einmal ein Katzenwandler." Keira kaute unsicher auf ihrer Unterlippe herum.

„Aber du warst doch mal mit ihm zusammen. Euch hat ein starkes Band verbunden", argumentierte Jeremy.

„Wir waren nur Freunde! Und es ist Jahre her!", wehrte Keira ab und tigerte weiter in der Zelle umher.

Doch das war nicht die ganze Wahrheit. Der Gedanke, eine telepathische Verbindung zu Deacon aufzunehmen, behagte ihr gar nicht. Was würde es bedeuten, wenn es klappen würde? Würde es bedeuten, dass sie immer noch etwas für ihn empfand? Sie blickte zu Jeremy. Ihm allein gehörte ihre Zuneigung. Aber durfte sie in so einer Situation überhaupt etwas unversucht lassen, sie beide zu retten?

Jeremy packte sie an den Schultern und sah ihr eindringlich in die Augen. „Bei allen guten Dämonen, Keira, versuch es doch einfach!"

Keira nickte. Er hatte recht, sie mussten alles versuchen, um hier herauszukommen. Keira versuchte sich zu konzentrieren. Sie blickte auf den Monitor. Die Kamera schwenkte die Straße entlang und sie sah Deacon unschlüssig auf dem Bürgersteig stehen. Er blickte auf das Handy. Keira ließ ihren Gedankenstrom an die Stelle gleiten, wo sie ihn vermutete. Sie fixierte ihn, konzentrierte sich auf das zwischen ihnen bestehende Band und rief seinen Namen.

Zunächst geschah nichts. Dann hob Deacon ruckartig den Kopf.

„Ja, mach weiter. Er scheint etwas zu bemerken", feuerte Jeremy sie an.

Deacon drehte sich im Kreis und sah hinter sich. Dann schwenkte die Kamera erneut und sie sahen wieder auf die Gebäudewand mit dem Baum.

Deacon!, rief Keira in Gedanken. *Hörst du mich? Ich bin in dem Pharmagebäude gefangen. Antworte, wenn du mich hörst.*

Kurz wartete sie, aber nichts passierte.

„Er antwortet nicht", sagte Keira laut zu Jeremy.

„Gib nicht auf. Es schien so, als hätte er etwas gehört. Versuch es weiter."

„Also gut." Keira versank wieder in ihren Gedanken.

Deacon, hörst du mich? Ich bin in deinen Gedanken! Bitte antworte, Deacon!

Der Monitor zeigte weiterhin die Fassade mit dem Baum davor. Deacon tauchte im Bildausschnitt auf. Er ging auf den Baum zu und sah zu dem kleinen Fenster rauf.

Deacon!, rief Keira mit all ihrer mentalen Kraft.

Der Detective zuckte zusammen. Er sah sich um.

Keira rief ihn erneut. Dann empfing sie einen Gedanken, der nicht der ihre war.

Keira? Das gibt es doch gar nicht.

Doch, Deacon. Wir stehen in telepathischer Verbindung.

Sie empfing ein Gefühl. Deacon schien sich zu freuen. Ein warmer Sturm aus Liebe erfüllte sie. Dann hörte sie ihn wieder. *Das ist ja toll. So wie früher, weißt du noch? Da haben wir auch so kommuniziert. Das bedeutet, du stehst mir immer noch nahe.*

Nein, ich erinnere mich nicht mehr daran, log Keira. Sie schüttelte selbstvergessen den Kopf. Ja, sie musste sich selbst eingestehen, dass sie all ihre Gefühle für Deacon verdrängt hatte, ihre Nähe. Denn diese Nähe hatte er gekappt, als er sie verlassen hatte und Keira hatte sich damals geschworen, nie wieder einen Mann so nah an sich heranzulassen, dass er sie so tief verletzen konnte, wie Deacon es damals getan hatte. Doch nicht nur ihre Gefühle hatte sie mit den Jahren verdrängt, auch ihren guten Vorsatz hatte sie vergessen, denn nun schlug ihr Herz erneut für einen Mann. Einen dämonischen Mann.

„Was ist? Warum schüttelst du den Kopf?", frage Jeremy beunruhigt und ergriff ihre Hand. „Ist der Kontakt abgebrochen? Ist der Detective noch da?"

„Alles ist gut", antwortete Keira laut. Dann schickte sie erneut Gedanken an Deacon. *Du musst uns retten!*

Wir sind von Kampfengeln und einem verrückten Wissenschaftler gefangen.

Was? Deacons Gedanken schrien in ihrem Kopf.

Wir sind hier oben in einer Zelle eingesperrt. Gegenüber an der Wand ist ein Fenster mit einem Baum davor. Ich vermute, es ist der Baum, vor dem du gerade stehst.

Woher weißt du, wo ich stehe?, kam Deacons Frage in Keiras Kopf.

Hier in dem Raum sind Monitore. Das ganze Gelände wird von Kameras erfasst und wenn ich den Kameraschwenk richtig deute, kann es nur dieser einzelne Baum an der Straße sein, der vor unserem Fenster steht.

Mist, fluchte Deacon.

Ja, du musst dich beeilen und uns rausholen, bevor man dich entdeckt. Ich weiß nicht, wo noch überall Monitore stehen.

Wie stellst du dir das vor? Ich kann doch nicht so einfach in das Gebäude eindringen. Ich muss Verstärkung rufen!

Keira wurde nervös. *Deacon, bitte! Deine Kollegen haben nicht die geringste Chance gegen die Kampfengel. Sie wollen mich als Versuchsobjekt nehmen.*

Deacon wirkte unentschlossen. *Ist der Dämon bei dir?,* fragte er.

Ja, aber Jeremy kann uns nicht helfen, sie haben uns in eine luftdichte Zelle gesperrt. Es bringt nichts, wenn er sich in Rauch verwandelt.

Moment, du steckst mit ihm in einem luftdichten Raum? Deacon klang besorgt.

Ja, aber aktuell reicht die Luft noch, nur wird das vermutlich nicht lange genug sein, um noch irgendwelche Verstärkung zu holen. Wir müssen hier erst mal raus. Klettere den Baum hoch und hol uns hier raus!

Also gut!, empfing sie seine Gedanken.

Auf dem Monitor war zu sehen, wie Deacon sein Hemd und seine Hose auszog.

„Was ist los?", fragte Jeremy, der den Monitor im Blick behalten hatte.

„Ich habe ihm gesagt, dass er den Baum hochklettern und uns hier rausholen soll", erklärte Keira.

„Bitte?" Jeremy wirkte erstaunt. „Wie soll denn ein Bär diesen dürren Baum hochklettern? Die Zweige halten ihm niemals stand, abgesehen davon, dass ein Bär auch nicht durch das kleine Fenster passt."

Keira lachte schallend und Jeremy traute seinen Augen kaum, als er die Verwandlung verfolgte. Er starrte auf das graue, plüschige Tier, in das sich Deacon verwandelt hatte. Der Detective griff sich ein Stein und kletterte geschickt den Baum hinauf. Durch einen Schlag mit dem Stein zerbrach er die Scheibe, griff hinein und öffnete das Fenster. Er passte gerade eben hindurch.

Klasse, Deacon! Auf dem Schaltpult bei den Monitoren muss es sicher auch einen Öffnungsmechanismus für die Zelle geben.

Deacon sah sich um und hüpfte auf das Schaltpult. Nach kurzer Zeit hatte er den passenden Knopf gefunden. Er öffnete die Zelle und Jeremy und Keira stürzten hinaus, während er sich zurückverwandelte. Jeremy grinste ihn breit an.

„Das ist nicht Ihr Ernst, Detective. Sie sind ein Ko-a-la-bär?" Jeremy betonte genüsslich jede Silbe. „Wer hätte das gedacht, ein echter Koalabär! Warum haben Sie sich wieder zurückverwandelt? Ich hätte so gerne mal Ihre plüschigen Ohren angefasst."

„Schnauze!", fuhr ihn Deacon an.

„Jungs, das ist nicht der geeignete Zeitpunkt, euch zu streiten. Wir müssen hier raus."

„Stimmt", sagte Jeremy nun wieder ernst. „Ich schlage vor, ihr verwandelt euch wieder und nehmt den Weg durch das Fenster raus."

„Und du?", fragte Keira.

„Ich werde mich in Rauch auflösen und mal etwas schlechte Stimmung im Labor verbreiten. Wenn ihr draußen seid, verschwindet, so schnell ihr könnt, und ruft im Black Hole Club an. Fragt nach Frederic. Er soll die Dämonen informieren, dass ich hier Unterstützung brauche."

„Ich lasse dich nicht allein", widersprach Keira sofort. Deacon warf ihr einen verletzten Blick zu.

„Bitte, Keira, wir haben keine Zeit, das zu diskutieren. Detective, bringen Sie Keira in Sicherheit." Jeremy machte ein entschlossenes Gesicht.

„Das ist das erste Mal, dass ich unterstütze, was Sie sagen, Dämon." Deacon griff nach Keiras Arm.

Keira sah Jeremy besorgt an. So gerne sie ihm helfen wollte, so verstand sie doch, dass sie Jeremy am besten unterstützen konnten, indem sie Verstärkung holten. „Pass auf dich auf!"

„Mach dir keine Gedanken. In meiner rauchförmigen Gestalt können sie mich nicht verletzen. Noch einmal lasse ich mich nicht überrumpeln."

Keira nickte, zog hastig ihr grünes Kleid aus und ließ es durch das Fenster auf den Boden fallen, bevor ein leichter Wind sie und Deacon umwehte. Kurz darauf saßen eine rotgetigerte Katze und ein grauer Koalabär vor Jeremy. Er grinste und schüttelte den Kopf.

„Ein Koalabär!"

Deacon stieß einen seltsamen Laut aus, der wie ein tiefes Bellen klang, bevor er durchs Fenster verschwand. Jeremy löste sich in Rauch auf. In diesem Moment öffnete sich die Tür und zwei Kampfengel stürmten herein. Während Keira ebenfalls aus dem Fenster flüchtete, sah sie noch, wie der schwarze Rauch die Engel einhüllte.

Keira und Deacon hasteten in eine dunkle Seitenstraße und hielten in den Schatten inne. Deacon hing sein Hemd aus der Hose und Keira war barfuß, aber immerhin waren sie erst mal entkommen. Deacon griff nach seinem Mobiltelefon und suchte im Internet die Nummer des Black Hole Nachtclubs raus.

„Hoffentlich passiert Jeremy nichts", bangte Keira.

„Mach dir keine Gedanken. So ein Dämon ist zäh", beruhigte Deacon sie und wippte ungeduldig mit dem Fuß. „Es hebt niemand ab."

„Sicherlich ist es dort viel zu laut", vermutete Keira.

„Ich werde doch meine Kollegen verständigen", entschied Deacon. „Immerhin werden dort illegale Versuche an Menschen gemacht."

„Nein, das wird nichts bringen", widersprach Keira. „Die Kampfengel werden verschwinden, sobald die Polizeisirenen ertönen. Dann kommen sie ungeschoren davon!"

„Aber was schlägst du vor? Dieser Frederic ist nicht erreichbar."

„Es gibt noch eine andere Möglichkeit." Keira schluckte. „Wir sind ganz in der Nähe meines Clans. Ich rufe meinen Vater an."

„Glaubst du wirklich, er wird dir helfen, den Dämon zu unterstützen?", zweifelte Deacon.

„Das nicht, aber wir haben die verschwundenen Wandler gefunden. Vielleicht leben doch noch welche von ihnen. Wir müssen sie retten." Ihr war mehr als unwohl bei dem Gedanken, ihren Vater anzurufen, aber ... „Ich werde anrufen, aber du wirst mit ihm sprechen, Deacon. Dir wird er glauben!", bat Keira.

Der Detective hob die Schultern. „Einen Versuch wäre es wert."

Keira wählte die Nummer und reichte Deacon das Telefon. Er berichtete Mr. Clark knapp von den Geschehnissen der letzten Stunden. Keira zwirbelte nervös an ihrem Kleid herum, bis Deacon ihr das Handy reichte.

„Er will mit dir sprechen."

Zögernd nahm sie das Telefon entgegen. „Hallo, Dad!"

„Stimmt es, Tochter, dass du in einer Pharmafirma gefangen gehalten wurdest und Detective Murray dich aus den Fängen von Kampfengeln befreien musste?"

„Ja, Dad. Das stimmt."

„Wie bist du nur wieder in solch eine Situation geraten? Ich hatte dir doch verboten, dich weiter mit diesem Dämon abzugeben! Du hättest einfach ..."

„Dad, bitte!", unterbrach Keira ihren Vater. „Hier geht es nicht um mich. Es geht um all die verschwundenen Wandler. Sie sind dort gefangen und ich glaube, es sind noch nicht alle tot. Wir müssen sie retten und dazu brauche ich deine Hilfe und die Unterstützung unseres Clans. Danach können wir über alles reden."

Eine Weile schwieg ihr Vater. Keira glaubte schon, er hätte einfach aufgelegt, da kam die erlösende Antwort.

„Also gut. Gib mir die Adresse, wir sind in einer halben Stunde da."

„Danke, Dad", schnurrte Keira ehrlich erleichtert.

Knapp dreißig Minuten später fanden sich Hunderte Wandler vor dem Gebäude ein. Es waren nicht nur Katzenwandler gekommen, sondern auch Wandler aller anderen Spezies. Sie alle waren in ihrer tierischen Gestalt erschienen. „Sieh nur, Deacon", rief Keira aufgeregt. „Sogar die Wer-Tiger und Werwölfe sind gekommen, um uns zu helfen.

Mit vollem Körpereinsatz bearbeiteten die Werwölfe die Tür der Pharmafirma, sodass diese kurz darauf aufbrach. In diesem Moment hob sich ein Gullydeckel und unzählige Rattenwandler strömten auf die Straße.

Keira stürmte gemeinsam mit den anderen Wandlern das Gebäude. Die Werwölfe stürzten sich auf die Wächterengel und die kleineren Tiere liefen zu den vergitterten Zellen, um die eingesperrten Wandler zu befreien. Einige verwandelten sich zurück und trugen die Toten hinaus. Keira hoffte inständig, dass Jeremy nichts passiert war.

„Wir sollten versuchen, die Forschungsunterlagen des Doktors ausfindig zu machen und zu vernichten!", rief Deacon Keira zu. Sie nickte und verwandelte sich ebenfalls.

Zusammen mit Deacon und den Wer-Tigern rannte sie durch die Gänge, bis sie das Labor fanden. Hier herrschte ein wildes Durcheinander. Eine dunkle Aura erfüllte den Raum, sodass einige Wandler kurz zögerten, doch Keira und die Wer-Tiger stürzten hinein. Keira versuchte in dem Chaos Jeremy auszumachen. Wächter- und Kampfengel griffen sich gegenseitig an, der Doktor rang mit seinem Assistenten um diverse Serumröhrchen. Da entdeckte Keira den Heerführer der Kampfengel. Arik hatte sein Schwert gezogen und hieb blindwütig in die Luft, um den schwarzen Rauch zu treffen, der ihn umschwebte. Fasziniert beobachte Keira, wie Jeremy mit Arik kämpfte. Es wirkte fast wie ein Tanz. Der Engel hatte keine Chance, immer wieder hieb er mit seinem Schwert in die Luft und es kam Keira so vor, als ob seine Bewegungen langsamer wurden. Am liebsten hätte sie Jeremy lauthals angefeuert. Sie war unglaublich stolz auf „ihren" Schwarzen Mann.

In diesem Moment packte jemand Keira im Nacken und riss sie hoch. „Was haben wir denn da?", rief die hasserfüllte Stimme des Wissenschaftlers. „Ein Kätzchen, dem ich gleich den Hals umdrehen werde!" Er kicherte irre. Keira kreischte auf. Sie sah aus den Augenwinkeln, wie Jeremy von Arik abließ und auf sie zuflog, doch er würde sie nie rechtzeitig erreichen ...

Keira keuchte auf, als sie plötzlich mit dem Doktor zu Boden ging. Eine Wer-Tigerin hatte sich auf den Wissenschaftler gestürzt, in ihren Augen funkelten Schmerz und Hass. Keira glaubte in ihr die Ehefrau des toten Wer-Tigers zu erkennen. Die Tigerin schlug dem Doktor ihre Fänge in den Hals. Der kleine Mann hatte keine Chance.

Keira kroch ein Stück zurück. Jeremy umwehte sie und schützte sie mit seiner Aura vor weiteren Angreifern, während sie beobachtete, wie der grausame Wissenschaftler sein Leben aushauchte. Hinter ihm kämpfte Arik mit zwei Wer-Tigern, während immer mehr Katzenwandler ins Labor kamen. Genau wie den Tigern machte ihnen die dunkle Aura nichts aus. Kreischend fielen sie über die Engel her, fauchten und kratzten und stießen Gefäße wie Mobiliar um, bis eines der Geräte Funken warf und eine farblose Flüssigkeit plötzlich Feuer fing.

Die Tiere fauchten und brüllten auf, ließen jedoch nicht von den Engeln ab. Arik besah sich das Chaos um sich herum und seine kalte Miene verzog sich voller Hass. Es schien, als wurde ihm klar, dass dieser Kampf verloren war. Mit einem mächtigen Schlag streckte er einen Wer-Tiger nieder, dann breitete er seine mächtigen Schwingen aus. Während er aufstieg, schwang er sein Schwert und schlug dem Assistenten des Doktors mit einem einzigen Schlag den Kopf ab. Keira sträubte vor Entsetzen das Fell und der Rauch um sie wurde eine Spur schwärzer, als ob Jeremy sie vor dem Anblick bewahren wollte.

Arik durchbrach das große Oberlicht und während die Glassplitter auf die Kämpfenden hinabfielen, flog er zum Nachthimmel hinauf. Seine Engel lösten sich mit einiger Mühe von ihren Gegnern und taten es ihm gleich, sie entfalteten ihre Flügel und flohen durch die zerbrochene Glasdecke.

Die Wandler zögerten nicht länger. Während das Feuer sich immer mehr ausbreitete, verließen sie das Gebäude und rannten in die Nacht hinaus.

Als Feuerwehr und Polizei eintrafen, stand das Gebäude komplett in Flammen, aber außer dem toten Doktor und seinem Assistenten war niemand mehr drin. Die Wandler hatten alle gefangenen Gestaltwandler befreit oder ihre toten Körper geborgen. Viele waren bereits gegangen, aber einige standen noch in ihrer menschlichen Gestalt hinter der Absperrung und blickten auf die Löscharbeiten.

„Hoffentlich verbrennt alles. Damit nie wieder ein verrückter Wissenschaftler solche Versuche macht", murmelte Keira.

„Ich habe in dem Tumult die Unterlagen des Doktors gefunden und seinen Computer zerstört. Ich denke, du kannst da ganz beruhigt sein." Deacon lächelte Keira schief an.

„Danke, Deacon."

„Da kommt dein Vater", raunte ihr Deacon zu.

„Hi, Dad!"

Robert Clark blickte ernst drein. „Ich habe mit den Wer-Tigern gesprochen und auch mit Mitgliedern der anderen Clans. Viele konnte ihre Angehörigen zwar nur noch tot bergen, aber immerhin wissen sie jetzt, was aus ihnen geworden ist und können sie bestatten. Vor allem der Clanchef der Ratten lässt dir seine Entschuldigung ausrichten. Er hat vier seiner Clanmitglieder in einer Zelle gefunden. Ein junges Mädchen überlebt vielleicht. Sie alle zollen dir ihren aufrichtigen Dank."

„Ich bin froh, dass diese schrecklichen Machenschaften nun ein Ende haben. Leider sind die Engel entkommen."

„Ja, aber ich bin dennoch sehr stolz auf dich, meine
Tochter." Er nahm Keira in den Arm und drückte sie.

„Danke, Dad." Keira war unheimlich erleichtert, dass
ihr Vater ihr anscheinend verziehen hatte. Da erblickte
sie in einiger Entfernung Jeremy. Er lehnte in sicherem
Abstand an einer Häuserwand und beobachtete die
Löscharbeiten. „Wenn du so stolz auf mich bist, Dad,
dann hast du sicherlich nichts dagegen, dass ich die
Nacht bei meinem Freund verbringe. Bis morgen."
Keira drückte ihrem Vater ein Küsschen auf die
Wange, wandte sich grinsend von ihm ab und schlenderte auf Jeremy zu. Als sie ihn erreicht hatte, schlang
sie die Arme um ihn und schnurrte ihm ins Ohr: „Du
bist mein Held."

Jeremy wirkte für einige Sekunden verlegen, doch
dann erwiderte er ihre Umarmung. Zart legte er die
Arme um Keira Taille und zog sie sanft an sich. Keira
spürte, wie zurückhaltend ihr Dämon noch war. Sie lächelte ihm aufmunternd zu. Sie fand seine Schüchtern-
heit zwar süß, aber sie nahm sich fest vor, ihm dabei zu
helfen, diese zu überwinden.

„Nachdem wir diesen Kampf überstanden haben, er-
füllst du mir einen Wunsch?"

Jeremy blickte ihr tief in die Augen. „Jeden Wunsch!
Was möchtest du haben?"

Keira lächelte „Ein Kuss reicht für den Anfang."

***

Deacon blickte Keira nach und spürte den Kloß in seinem Hals. Ganz egal, was einmal gewesen war, er
wusste in diesem Augenblick genau, dass er Keira für
immer verloren hatte. An einen der schlimmsten Dämonen überhaupt.

154

„Hättest du damals nicht bei ihr bleiben können?",
unterbrach Robert Clark seine trüben Gedanken.

Deacon zog fragend eine Augenbraue hoch. „Was meinen Sie, Sir?"

„Ich meine, dass ich jetzt wahrscheinlich einen Dämonen als Schwiegersohn bekomme", grummelte das Clanoberhaupt.

KAPITEL 12

Die ganze Nacht hatte Aimée kein Auge zugetan. Immer wieder hatte sie über Artkis' Aussage nachgedacht. Die Strafe sei vorbei, wenn Cyrus die Wüste verlässt. Aber wie sollte sie ihn dort herausholen können?

Als sie aufstand, griff sie nach ihrer Jeans und nach einem T-Shirt von Cyrus, welches noch über einem Stuhl hing. Sie sog seinen vertrauten Duft ein und beschloss, das T-Shirt anzuziehen. Sein leichter Duft hüllte sie ein und gab ihr Trost. Müde und frustriert schleppte sie sich in die Küche. Sie staunte nicht schlecht, als sie doppelt sah. Schon wieder. In der Küche standen zwei schmächtige Jünglinge mit weißen Shorts, beide hatten lockiges Haar und die gleichen auffälligen Narben auf dem Rücken. Einer von beiden rauchte eine dicke Havanna und hackte Zwiebeln. Das war George, aber wer war der andere? Der Jüngling hatte hellbraune Locken und stand am Herd. Er schwenkte frische Pilze in der Pfanne.

„Hallo, was ist denn hier los?", fragte Aimée.

„Guten Morgen, Süße. Wir kochen! Das sieht man doch." George grinste. „Das ist übrigens Calvin. Er ist ein Amoridicius, wie ich."

„Das hätte ich jetzt gar nicht gedacht", bemerkte Aimée mit einer Spur Ironie. „Freut mich, deine Bekanntschaft zu machen. Ich bin Aimée."

Calvin reichte ihr die Hand. „Hey, freut mich auch. George hat gesagt, ich kann dich Süße nennen.“

„Äh …“

„Na klar kannst du das“, schaltete sich George ein. „Aimée ist ja auch 'ne Süße.“

„Prima“, freute sich Calvin. „Gibst du mir die frischen Kräuter, George?“

„Was kocht ihr denn?“

„Das wird eine Überraschung. Wir machen nämlich ein Probekochen. Wenn du willst, kannst du unsere Testesserin werden“, bot George an.

„Probekochen?“

„Ja, Calvin und ich haben vor, ein Promi-Restaurant aufzumachen.“

„Genau“, bestätigte Calvin. „Wir haben die Nase voll von Cyrill. Er ist ein echter Leuteschinder. Also haben wir beschlossen, uns selbständig zu machen.“

„Calvin ist nämlich der Amoridicius von Cyrill“, klärte George sie auf.

Aimée nickte. „Das dachte ich mir fast. Übrigens war Cyrill gestern hier. Er … hat Cyrus mit einer Sigille des Rats in die Wüste des ewigen Schweigens geschickt“, murmelte sie und merkte, wie ihr erneut die Tränen in die Augen stiegen.

George hielt ihr ein Glas Whisky hin. „Ich weiß, Jean-Claude hat es mir erzählt.“

„Das ist nur noch ein Grund, Cyrill einen Tritt in den Arsch zu geben“, ereiferte sich Calvin.

Aimée griff nach dem Glas und nahm einen Schluck. Es war ihr egal, dass es erst neun Uhr morgens war. Die Flüssigkeit lief ihre Speiseröhre hinunter und hinterließ ein brennendes Gefühl. Für einen Moment glaubte sie, dass der Whisky ihr die Wärme zurückgeben konnte, die ihr fehlte. Doch Alkohol war keine Lösung.

Sie gab George das Glas zurück. „Wo steckt eigentlich Jean-Claude?“

„Er sagte, er müsse jetzt zur Sicherheit drei Tage im Zimmer bleiben. Keine Ahnung, was das bedeutet. Weißt du etwas?"

Aimée verkniff sich ein Schmunzeln. „Nein, ich habe keinen blassen Schimmer."

„Das Pilzragout ist gleich fertig", meldete sich Calvin zu Wort. „Holst du schon mal die Teller aus dem Schrank, George?"

Wenig später saßen die drei am Küchentisch und aßen Pilzragout mit Kräuterschaum und Waldbeeren.

„Und, wie schmeckt es dir?", erkundigte sich Calvin.

„Sehr gut!", lobte Aimée das Gericht.

„Aber du isst ja gar nichts, Süße. Du stocherst nur auf deinem Teller herum", bemerkte George.

„Mir ist auch nicht wirklich nach Essen zumute", gab Aimée zu.

„Mach dir keine Sorgen, wir werden einen Weg finden, Cyrus zu retten. Ich habe heute Morgen eine Nachricht an Chris geschickt. Er wird uns helfen."

„Ich hoffe, er kann es", murmelte Aimée.

„Ach, da fällt mir noch ein: Das hier lag heute früh im Dämensionskreis. Es ist von Cyrill für dich. Du sollst dich um 10 Uhr zum Training an dieser Adresse einfinden."

„Und das sagst du mir erst jetzt?" Aimée riss George den Zettel aus der Hand. „Das schaffe ich doch nie in einer halben Stunde!"

„Keine Sorge, das schaffst du locker. Du fährst sogar erster Klasse." George zog ein Stück Kreide aus seinen Shorts. Dann holte er einen Zettel und einen Kugelschreiber aus einer Schublade und zeichnete Aimée ein Symbol auf. „Du gehst in die ruhige Sackgasse hinter dem Haus und malst dieses Zeichen auf den Asphalt. Dann erscheint ein Dämonentaxi, das fährt dich überall hin, wohin du möchtest. Sobald das Taxi erscheint, verschwindet das Zeichen."

„Ich weiß, ich habe mit Cyrus gestern gerade eins benutzt." Aimée zitterte leicht. ‚Gestern' kam ihr so unendlich lange her vor. „Dann mache ich mich wohl mal schnell fertig." Aimée stand auf. George drückte ihr noch einen Datenstick zum Bezahlen in die Hand und wünschte ihr viel Glück.

Es dauerte eine Weile, bis ein mitternachtsschwarzer Ferrari vor Aimée hielt. Der Fahrer kam Aimée ziemlich bekannt vor. Dann fiel es ihr wieder ein: Er hatte die Jungs beim Kampf gegen Arik und seine Engel unterstützt.

„Hallo Aimée, spring rein. Wohin soll ich dich fahren?"

„Hallo, ähm, Daniel, richtig?"

„Ja! Wow, du erinnerst dich an mich", staunte der Pugna Dämon.

„Natürlich." Sie reichte ihm den Zettel mit der Adresse. „Hier, dahin soll ich zum Training. Schaffen wir das in zehn Minuten?"

„Keine Chance." Der Pugna schüttelte den Kopf. „Der Verkehr ist die Hölle heute. Habe eine gefühlte Ewigkeit hierher gebraucht, auch mit Ferraripower. Aber ich will sehen, was ich tun kann."

„Danke. Gegen Stau kann mein Trainer ja wohl nichts sagen."

„Das will ich meinen", bestätigte Daniel. „Was für ein Training machst du denn?"

„Ehrlich gesagt, so genau weiß ich das noch nicht. Heute ist mein erster Tag und am liebsten wäre ich lieber im Bett und würde ..."

„Weinen?", ergänzte der Dämon ihren Satz.

„Ja, woher weißt du das?"

„Ich erkenne verheulte Augen bei einer schönen Frau. Also erzähl mir, was los ist."

Aimée zögerte einen Moment.

„Barkeeper und Taxifahrer sind die besten Zuhörer", motivierte Daniel sie.

„Also gut ..." Aimée erzählte ihm die ganze Geschichte. Von der Ratsversammlung, über das Urteil bis zu dem Zusammentreffen mit Cyrill. „Tja, und dann hat er Cyrus einfach einen Tag zu früh in die Wüste des ewigen Schweigens geschickt. Und jetzt muss ich zu diesem Widerling, um mit ihm zu trainieren", schloss Aimée ihren Bericht.

Daniel schüttelte entsetzt den Kopf. „Das wäre alles nicht passiert, wenn mein Vater bei der Sitzung dabei gewesen wäre. Da bin ich mir sicher."

„Dein Vater ist ein Ratsmitglied?", staunte Aimée.

Daniel zuckte die Schultern. „Er ist nur noch Ehrenmitglied, da er schon vor über 2000 Jahren in den Ruhestand gegangen ist. Mein alter Herr ist also nicht mehr bei Ratsversammlungen dabei, aber er kann immer noch überall Dämensionstore öffnen. Diese Fähigkeit wird keinem Ratsmitglied wieder genommen."

Aimée war sofort Feuer und Flamme. „Soll das heißen, er könnte Cyrus aus der Wüste rausholen?"

„Nein." Daniel schüttelte bedauernd den Kopf. „Einen Verurteilten darf man nicht aktiv aus der Wüste herausholen."

Ihre Hoffnung verpuffte so plötzlich, wie sie erwacht war. „Schade."

„Nun lass den Kopf nicht hängen. Er darf zwar keinen Verurteilten aktiv aus der Wüste holen, aber er könnte uns dorthin schicken und zu einem festen Zeitpunkt auch wieder herausholen. Wenn sich dann irgendwer an uns festhält, kann er das ja auch nicht ändern." Daniel zwinkerte Aimée zu.

„Daniel, du bist großartig!" Aimée wäre dem Kampfdämon am liebsten um den Hals gefallen. „Das bedeutet, wir können Cyrus retten?"

„Klar, Schätzchen, aber die Wüste des ewigen Schweigens ist riesig. Wir haben nur begrenzt Zeit und bis dahin müssen wir ihn gefunden haben."

„Einen Versuch ist es auf jeden Fall wert!", rief Aimée
strahlend und zuversichtlich. „Ich werde alles versuchen, um Cyrus da rauszuholen. Wann können wir
los?"

„Sofort, wenn du nicht mehr zu deinem Termin
musst."

„Ich pfeif auf den Termin!"

„Na, dann mal los, lass uns deinen Loverboy suchen
gehen."

Als Daniel den Wagen am Hyde Park Nr. 1 parkte, hatte
Aimée schon längst vergessen, warum sie das Taxi ursprünglich genommen hatte. Sie dachte nur noch daran, dass sie womöglich die Chance hatte, Cyrus zu retten.

„Wir sind da, Schätzchen."

„Wow, ich habe gehört, hier soll die teuerste Pent-
housewohnung von ganz London sein."

„Stimmt, mein Vater hat sie vor ein paar Jahren gekauft. Sieben Zimmer auf zwei Etagen. Ganz netter
Blick."

Aimée staunte. „Dein Vater? Aber es hieß doch seiner-
zeit, irgendein Ölscheich hätte die Wohnung gekauft?"

„Was meinst du, wie viel Öl es in unserer Dämension
gibt? Na ja, da könnte man meinen alten Herrn vielleicht wirklich als Ölscheich bezeichnen." Daniel
grinste. „Komm, lass uns reingehen."

Aimée wartete in einem großzügigen Salon mit Blick
auf den Hyde Park, während Daniel bei seinem Vater
vorsprach und ihm die Situation erläuterte. Kurz

darauf kam er zusammen mit seinem Vater und einigen Leibwächterdämonen ins Wohnzimmer. Daniels Vater war eine imposante Erscheinung. Er war von kräftiger Statur und besaß wie sein Sohn vier Hörner, die allerdings gewaltige Ausmaße hatten. Er hatte zudem einen geschuppten, krokodilartigen Schwanz. Sein Haar war zu langen, grauen Strähnen geflochten und reichte ihm bis auf die muskulösen Schultern.

„Aimée, darf ich dir meinen Vater vorstellen: Ragnar „der Ältere" Omnipotens Purgurniera. Allmächtiger Herrscher über das Königreich Pugna, Bezwinger der Saphyren und Engel."

Aimée verbeugte sich vor dem Dämon. Dieser lächelte milde.

„Du bist also das bezaubernde Wesen, das einem Freund meines Sohnes den Kopf verdreht hat. Wirklich entzückend."

Aimée spürte, wie sie rot wurde.

Ragnar der Ältere fuhr fort: „Mein Sohn hat mir berichtet, wie er dich zusammen mit seinen Freunden aus den Klauen der Kampfengel befreit hat und welche Anfechtungen du und dein Amordämon nun auszustehen habt. Ich habe entschieden, euch zu helfen. Schließlich soll der Kampf für die Liebe doch nicht ganz umsonst gewesen sein!"

„Danke, Sir!" Aimée wusste nicht mehr zu sagen. Sie strahlte den Kampfdämon glücklich an.

Der Dämon nickte. „Wir Kampfdämonen sind sehr leidenschaftlich im Kampf und in der Liebe. Ich verstehe Euch gut. Immerhin hatte ich in meinem langen Leben schon mehr als genug Gefährtinnen an meiner Seite. Die letzte wollte mich sogar beim Liebesspiel mit einer Lanze pfählen." Der Dämon kicherte.

„Dad, bitte!" Daniel war das Gespräch über die sexuellen Vorlieben seines Vaters sichtlich unangenehm.

„Nun stell dich mal nicht so an, mein Sohn! Wenn dir erst die richtige Pugnadämonin über den Weg läuft, wirst auch du den Weg nicht mehr aus der Liebeshöhle herausfinden."

„Dad!" Daniel trat nervös von einem Bein auf das andere.

„Ja, ja! Ist ja schon gut. Also folgt mir", forderte Ragnar Aimée und Daniel auf. Gefolgt von den Leibwächtern betraten sie eine sechseckige Halle. An den Ecken standen prunkvolle Marmorsäulen und in der Mitte befand sich ein Dämensionskreis. Aimée wollte gleich auf den Kreis zustürzen, aber einer der Leibwächter hielt sie zurück.

Ragnar der Ältere trat an den Kreis heran und sprach eine Beschwörungsformel. Der Kreis begann zu leuchten und gelber Nebel breitete sich im Raum aus. Als der Nebel sich lichtete, erkannte Aimée in der Mitte des Kreises eine spindeldürre Gestalt mit lackschwarzer Haut. Ihr entfuhr beinahe ein Schrei, denn dies war das grausige Wesen, welches sie bei der Ratsversammlung so fürchterlich erschreckt hatte! Doch bei näherem Hinsehen sah dieser Dämon etwas anders aus. Aus seinen leeren Augenhöhlen schien permanent Blut zu laufen und er war kleiner. Dennoch hielt sich Aimée vor Entsetzen die Hand vor den Mund.

„Ein Blutdämon!", rief Daniel begeistert. „Dad, du bist der Größte."

„Ich weiß, mein Sohn!"

„Hi Leute, na, wie geht's?", quäkte der Blutdämon mit einer fiepsigen Stimme, die so gar nicht zu seinem gruseligen Aussehen passen wollte.

„Das ist Freddy. Er wird euch begleiten und gute Hilfe leisten."

„Ein Blutdämon kann jeden Dämon finden, egal wo er sich aufhält", erklärte Daniel an Aimée gewandt.

„Das ist wunderbar. Nochmals vielen Dank, Sir. Jetzt habe ich wirklich Hoffnung, dass wir Cyrus finden werden." Aimée strahlte Ragnar an.

„Keine Ursache, allerdings kann ich euch nur einen Tag Zeit geben und die Wüste ist unendlich. Ohne Blutdämon ist es ein Ding der Unmöglichkeit, jemanden dort aufzuspüren. Außerdem kann ich es mir nicht erlauben, dass mein Sohn eine halbe Ewigkeit in der Wüste des ewigen Schweigens herumirrt. Er hat hier seine Aufgaben zu erfüllen."

„Ist klar, Dad." Daniel grinste. „Also los, stürzen wir uns ins Abenteuer!"

Ragnar nickte. Daniel und Aimée traten zu Freddy in den Dämonenkreis.

„Hallo, Freddy", grüßte Aimée den Blutdämonen. Sein Mund verzog sich zu einem Lächeln. Blut quoll hervor.

„Wen soll ich suchen?"

„Wir suchen ihren Gefährten. Einen Amordämon. Weißt du, wie ein Amordämon riecht?"

„Klar", quiekte Freddy. „Aber ein persönlicher Duft wäre noch besser."

„Vielleicht hilft das T-Shirt, das ich trage", schlug Aimée vor. „Es gehört eigentlich ihm. Ich hab es angezogen, weil ..." Aimée schluckte.

„Verstehen wir, Schätzchen. Los, Freddy dann schnupper mal an Aimée."

„Hmm, ja, da ist dein Duft und noch ein anderer, männlicher Duft. Ja, jetzt habe ich alle Nuancen aufgenommen. Wir können los."

„Dann gebt mal eure Patschehändchen her", forderte Daniel sie auf.

Sie reichten sich die Hände, während Ragnar erneut eine Beschwörungsformel sprach. Wenige Augenblicke später stürzten sie alle drei gemeinsam in eine bodenlose Tiefe.

EPILOG

Das Wartezimmer war spärlich eingerichtet. Deacon saß allein auf einer grauen Couch und sah sich um. Ihm gegenüber an der Wand hing ein Kunstdruck nach dem historischen Vorbild des Gemäldes „Der Wanderer über dem Nebelmeer" und genauso wie der Mann auf dem Bild fühlte sich Deacon. Er war allein und sah in den Abgrund, doch der Blick in seine Zukunft war durch Nebel blockiert. Er wusste nicht mehr weiter.

Deacon wandte betrübt den Blick ab und betrachtete den Schirm der Stehlampe neben sich. Da wurde eine Tür geöffnet und eine blonde Frau in einem strengen Kostüm erschien. „Mr. Murray, kommen Sie bitte herein."

Deacon erhob sich und folgte der Frau in den Behandlungsraum.

„Sie waren lange nicht da, Mr. Murray. Unsere letzte Sitzung hatten wir vor sechs Monaten."

„Ich weiß, Dr. Carpenter, aber mein Job hat mir keine Zeit gelassen. Deshalb bin ich froh, dass Sie heute Abend noch einen Termin hatten."

Die Ärztin rückte ihre Brille zurecht. „Also, worüber wollen wir heute reden? Beim letzten Mal sprachen wir darüber, warum Sie sich so klein und unbedeutend fühlen. Möchten Sie, dass wir dort wieder ansetzen?"

Deacon schüttelte den Kopf. „Nein, ich möchte ..."

Ein Handyklingeln ertönte.

Dr. Carpenter zog verärgert die Augenbrauen zusammen. „Mr. Murray, Sie wissen, dass Sie Ihr Telefon während der Sitzung abschalten müssen."

„Natürlich, Doktor. Oh, das ist dienstlich. Da muss ich rangehen."

Keine fünf Minuten später befand sich Deacon wieder in seinem Wagen auf dem Weg zu einem Tatort. Es hatte eine Schießerei in einem Restaurant in Soho gegeben und mehrere Menschen waren verletzt. Obwohl die Kollegen schon vor Ort waren, war er ebenfalls dazu beordert worden. Zu allem Überfluss regnete es in Strömen und die Scheibenwischer seines alten Jaguar E-Type hatten alle Mühe, die Sicht freizuhalten.

Deacon fuhr gerade die Shaftesbury Avenue entlang, als er im Dunkel einer Nebenstraße zwei verdächtige Kerle beobachtete, die einer jungen Frau folgten. In Deacons Nacken begann es zu kribbeln. Er spürte, dass etwas nicht stimmte, trat auf die Bremse und parkte seinen Wagen im Halteverbot. Eilig sprang Deacon raus und lief zu der dunklen Seitenstraße. Es war mehr eine Gasse, die scheinbar zu dem Hintereingang eines Theaters führte.

Deacon fluchte innerlich, dass er keine Taschenlampe dabeihatte, denn die Gasse war stockdunkel. Vorsichtig ging er den Weg entlang. Es war nichts zu hören. Einem inneren Instinkt folgend zog er seine Dienstwaffe. Am anderen Ende der Gasse schepperte es. Deacon schob sich weiter vor, dann entdeckte er die beiden Typen im Dämmerlicht. Sie hatten die Frau in eine Ecke gedrängt.

„Polizei. Hände hoch!", rief Deacon und bevor er noch etwas hinzufügen konnte, hatten die beiden Männer sich blitzartig umgedreht und ihre Waffen gezogen. Die beiden Kerle schossen sofort. Deacon stolperte zur Seite, doch die Kugeln trafen ihn nicht.

Innerhalb von Sekundenbruchteilen tauchten plötzlich schwarze Federn um ihn herum auf. Er hörte, wie die Kugeln in die Mauer einschlugen, während er an den Armen gepackt und in die Höhe gerissen wurde. Seine Waffe fiel zu Boden. Jemand hielt ihn fest und flog mit ihm auf ein nahes Flachdach. Dort stellte sein Retter ihn ab, und Deacon fuhr zu ihm herum.

Irritiert hielt er inne. Ihm gegenüber stand eindeutig die Frau, die zuvor von diesen beiden Typen verfolgt worden war. Sie trug ein helles Kleid und hatte eine Haut wie weißer Marmor. Ihre langen blauschwarzen Haare hingen ihr regennass bis zur Taille. Aus großen, ausdrucksstarken Augen sah sie ihn an. Die Erscheinung der Frau erinnerte ihn an die Sängerin Amy Lee. Aber was für Deacon am verwirrendsten war, waren ihre schwarzen Flügel.

Der Regen durchnässte ihn und er starrte auf ihre Schwingen. „Du bist ein gottverdammter Engel!", entfuhr es ihm.

Die Frau sah Deacon für einen Moment wortlos an, dann holte sie aus und schlug ihm mit der Faust ins Gesicht. Der unerwartete Schlag ließ ihn taumeln und er stolperte gegen einen Schornstein. Dann sank er zu Boden.

Halb benommen sah Deacon, wie sich die Schöne in die Luft erhob und vom dunklen Abendhimmel verschluckt wurde.

DIE WELT DER DÄMONEN

Dämonen: Ist der Überbegriff aller in anderen Dimensionen bzw. Dämensionen beheimateten Wesen, die zu den unterschiedlichsten Sippen und Arten gehören und durch die Dämensionen reisen können. Die meisten Dämonen sind den Menschen gegenüber freundlich gesinnt.

Der Dämonen-Rat: Der höchste Rat der Dämonen, der sich aus Botschaftern der unterschiedlichen Sippen zusammensetzt. Der Dämonen-Rat trifft sich an wechselnden Locations in unterschiedlichen Dämensionen. Gerne trifft sich das Tribunal bei Verurteilungen in der Wüste des ewigen Schweigens, doch gut unterrichtete Kreise wollen gesehen haben, dass der Rat sich heimlich auch in einem Wellness-Resort in der Karibik trifft. Der Rat achtet streng auf die Einhaltung der Regeln und Gesetze für Dämonen bzw. Dämensionswanderer. Bei Nichteinhaltung drohen teuflische Strafen, bei denen selbst Lucifer erbleicht. Vor allem beim Aufenthalt in fremden Dämensionen sind extrem viele Regeln einzuhalten. Eine der Regeln besagt, dass sich ein Amordämon nicht in einen Menschen verlieben darf.

Amordämonen: Wählen die passenden Liebenden aus und schmieden damit eine Liebe für die Ewigkeit. Eine von Amor geschlossene Verbindung kann niemals aufgelöst werden. Wenn die Partner aus diversen Gründen nicht zusammen sein können, aber erwählt wurden, neigen sie dazu, eher den Freitod zu wählen, als getrennt weiterleben zu müssen. Amordämonen leiden sehr darunter, wenn ihre erwählten Paare sich umbringen. Cyrus hat die Geschichte mit Romeo und Julia nie ganz überwunden.

Amoridicius-Dämonen: Sind Mitarbeiter von Amordämonen. Sie vollenden die von Amor ausgewählten Verbindungen durch das Abschießen von silbernen Pfeilen. Die magischen Pfeile lösen sich nach dem Eindringen in die Brust des Opfers auf und lassen ihren Zauber frei. Die angeschossenen Menschen verlieben sich unsterblich und unwiderruflich ineinander, auch wenn sie eigentlich gar nicht zueinander passen. Um solche unpassenden Verbindungen auszuschließen, muss ein Amordämon die entsprechenden Partner auswählen. Schießt ein Amoridicius ohne Absprache mit einem Amordämon auf Menschen, können fatale Verbindungen entstehen. Man sagt aber, dass in der Neuzeit die Menschen nicht mehr auf Amor vertrauen und vor allem über Internet-Portale auf eigene Faust auf Partnersuche gehen. Diese Verbindungen sind lediglich von den oberflächlichen Begierden der Menschen geschmiedet und oftmals schmerzhaft oder nicht sehr langlebig.

Veritas-Dämonen: Sind Wahrheitsdämonen oder Orakel. Ein ausgebildeter Veritas-Dämon kann das Schicksal von Welten verändern. Allerdings sind sie sehr selten, was vermutlich auch auf die lange Ausbildungszeit von mindestens 10.000 Jahren zurückzuführen ist. Veritas-Dämonen, die sich in der Ausbildung befinden, können nur unzureichende oder unklare Prophezeiungen von sich geben. Jeder Veritas-Dämon hat seine ganz spezielle Art, Vorhersagen zu treffen. Christopherus hat mehr oder weniger klare Visionen, die er in einem tranceartigen Zustand von sich gibt.

Incuben: Ernähren sich von sexueller Energie ihrer Geschlechtspartner. Incuben könne theoretisch mit jeder Art Wesen sexuellen Kontakt haben, aber ihre bevorzugten Partner sind Dämonen und Menschen. Sie haben eine große Verachtung für Vampire. Ein altes Dämonensprichwort besagt (inhaltliche Übersetzung, der tatsächliche Wortlaut ist in einem fiesen Pugna-Dialekt überliefert, den kein anderer Dämon versteht), dass man niemals einen Incubus und einen Vampir in einem Raum allein lassen sollte, wenn man den Raum hinterher heil vorfinden möchte.

Der Schwarze Mann: Eine seltene Dämonenspezies, von denen es nie mehr als drei in einer Dämension geben darf, damit die Welt nicht völlig zerstört wird. Ein Schwarzer Mann holt all das Böse aus den Bewohnern der Dämension hervor. Seine pure Anwesenheit verbreitet Depressionen und Traurigkeit. Oftmals kommt es in seiner Nähe zu Streit und Gewalt. Je nachdem, wie schlecht der Charakter eines Wesens ist, kann es auch zu Folter, Mord oder Krieg kommen. In der Menschenwelt sind aktuell zwei Schwarze Männer unterwegs und ein dritter ist dazugekommen, sodass unsichere Zeiten auf der Erde hereinbrechen. All die negative Energie, Hass, Wut, Gier, Gewalt und Mordlust bahnen sich ihren Weg, wenn ein Schwarzer Mann in der Nähe ist. Ihre Aufgabe in der Menschenwelt ist es, die Menschen wachzurütteln, die wahren Werte zu erkennen und das Böse in sich zu bekämpfen. Schwarze Männer sind selbst nicht böse, sondern entlocken den Menschen nur ihre potentiell bösen Neigungen. In fortgeschrittener Ausbildung können Schwarze Männer jedoch ihre dunkle Kraft jedoch kurzfristig in vorbestimmte Bahnen lenken, um z. B. Kämpfe zu beeinflussen. Oftmals sind Schwarze Männer einsame Wesen, die nie lange an einem Ort verweilen können, da sonst das Böse in dem Bereich überhandnimmt. Sie sind getriebene Wesen, die traurige Musik lieben und deren Anwesenheit nur von Katzen geduldet wird. Man sagt, dass die Katzen die getriebene Seele und die Einsamkeit der Schwarzen Männer spüren können und sich dafür entschieden haben, mit ihnen durch die Welt wandern. Sie geben den Schwarzen Männern Geborgenheit, damit diese nicht an ihrer Aufgabe zerbrechen.

Kampf-Dämonen: Die Kampf-Dämonen bilden das Gegenstück zu den Kampf-Engeln. Kampf-Dämonen sind eine Eliteeinheit von unterschiedlichen Dämonenarten, die besonders gut im Kampf ausgebildet sind. Die Kämpfe zwischen Dämonen und Engeln bestehen seit Anbeginn der Zeit.

Pugna-Dämonen: Gehören zu den Kampf-Dämonen. Sie sind gedrungen, extrem muskulös und besitzen vier gebogene Hörner. Sie gelten als harte und ausdauernde Kämpfer. Allein ihr Grinsen treibt die meisten Feinde in die Flucht, denn ihr großer Mund ist voller nadelspitzer Zähne. Sie lieben ausgefallenen Haarschmuck und viele Pugna flechten sich in ihre langen Haare Perlen oder die Knochen ihrer Feinde ein. Älteren Pugna-Dämonen wächst ein krokodilartiger Schwanz, mit dem sie ihre Feinde im Kampf von den Füßen hauen. Ragnar Daniel ist ein jüngerer Pugna, der neben seinen Kampfeinsätzen in großen Schlachten gerne als Auftragskiller oder Taxifahrer arbeitet.

Blut-Dämonen: Sind spindeldürr mit langen Gliedmaßen. Ihre Haut ist kohlrabenschwarz, schrumpelig und lackglänzend. Sie haben keine Augen, sondern nur leere Höhlen. Ihre besondere Kraft liegt im Aufspüren von Blut. Sie können jedes Wesen, das Blut in sich trägt, finden. Sie besitzen riesige Hände mit langen Klauen und werden als Kopfjäger des Rates eingesetzt.

Kampf-Engel: Sind die Elitekampfeinheiten der Engel. Der Kampf zwischen Engeln und Dämonen dauert seit Anbeginn der Zeit. Beide Seiten behaupten von den Gegnern, dass diese das wahre Böse in allen Dimensionen seien.

Die drei großen Heerführer: Die Armee der Engel wird von drei großen Heerführern angeführt. Sie verfügen über gewaltige Kräfte und versuchen ihre Macht ständig zu erweitern. Sie gelten als besonders emotionslos und kalt, was ihnen die Bewunderung der anderen Engel einbringt.

Gestaltwandler: Sind eine seltene Art von Menschen, die die Gabe haben, sich in unterschiedliche Tierwesen zu verwandeln. Der Legende nach entstand der erste Wandler, als sich eine Menschenfrau mit einem Vampir gepaart hat, der gerade eine Wolfsgestalt angenommen hatte. In der Dämonenwelt haben die Gestaltwandler einen schlechten Ruf, sie sind weder ganz Mensch noch Tier und gehören auch keiner Dämonensippe an. Deshalb können Dämonen Gestaltwandler nicht sofort als solche erkennen. Sie leben unerkannt in der Menschenwelt und pflegen ihre eigenen Sitten und Gebräuche. Dabei hat jeder Clan eine spezielle Tierart erwählt, die sie bevorzugen. Die Clans grenzen sich streng voneinander ab, es sei denn, äußere Notwendigkeiten erfordern den Zusammenhalt aller Gestaltwandler. Nur wenige Gestaltwandler beherrschen mehrere Verwandlungen, dies wird bei den Clans nicht gerne gesehen. Es bestehen in der Geschichte der Gestaltwandler zudem lange Clanfehden darüber, welche Wandler die edelsten Tierformer sind.

Die Ur-Form, die Werwölfe, bilden die Spitze der Hierarchie, dicht gefolgt von allen katzenartigen Wandlern. Die meisten Wandler sind Säugetiere, Gerüchten zufolge soll es aber auch Insektenwandler geben. Diese will aber kein Wandler, der etwas auf sich hält, kennen. Gestaltwandler einer Familie oder enge Freunde können sich untereinander per Telepathie verständigen.

Vampire: Die Ur-Vampire sollen laut Insiderquellen gefallene Engeln gewesen sein. Dämonen glauben, dass die Vampire einfach nur das wahre Gesicht der Engel sind. Engel haben sich ihrer lästigen Emotionen entledigt, indem sie einen Teil ihrer Persönlichkeit abspalteten und auf Menschen übertrugen. So entstanden die ersten Vampire. Sie enthalten alle unerwünschten Emotionen der Engel, wie Gier, Wut, unstillbare sexuelle Energie und Verlangen nach Blut und körperlicher Nähe, Rachsucht, unendliche Liebe (Vampire binden sich nur einmal im ewigen Leben) und viele andere Emotionen. Junge Vampire können diese geballte Macht an Emotionen kaum kontrollieren.

Flaschengeister: Leben in flaschenartigen Gefäßen und sind recht versoffene Individuen. Die meisten Flaschengeister findet man in alten, alkoholischen Getränken. Sie saufen sich durch den edlen Tropfen und erfüllen überhaupt keine Wünsche. Im Gegenteil, ihnen wird ein überaus bösartiger Charakter nachgesagt, und es macht ihnen Freude, andere Wesen zu quälen und ihnen Streiche zu spielen.

Cyrus: Er gehört zu den Amordämonen (siehe Amordämonen), die zwar Liebe stiften, aber sie nie selbst empfangen dürfen, damit sich ihr Blick für die Liebe nicht trübt. Nur Amordämonen, die voller unerfüllter Sehnsucht nach der wahren Liebe sind, können Paare auswählen. Cyrus hat sich gegen sein Gelübde, keusch zu leben, und für die Liebe zu einem Menschenmädchen entschieden. Seit er sein Herz und seine Nächte mit Aimée teilt, ist sein Blick nur noch auf sie fokussiert.

Aimée: Sie ist ein Mensch und verfügt doch über eine nicht-menschliche Gabe, die sowohl die Engel als auch die Dämonen gerne für sich nutzen würden. Aimée kann Energien bündeln. Alle Dämonen verfügen in ihrer Nähe über mehr ihrer ursprünglichen Kräfte. Bei Dämonen in der Ausbildung kann es aber zu unkontrollierten Ausbrüchen dieser Kraft kommen. Mithilfe der Jungs aus der WG konnte Aimée ihrem gewalttätigen Bruder und Arik entkommen. Aimée hat sich allerdings ausgerechnet in Cyrus verliebt und damit alle dämonischen Regeln gebrochen.

Frederic: Der sexy Incubus der WG ernährt sich von sexuellen Energien. Er betört die potentiellen Gefährtinnen damit, dass er ihre geheimsten Wünsche erfüllen und sich in jeden Partner ihrer Wahl verwandeln kann. Damit hat er zu 100 Prozent Erfolg, bzw. zu 99,9 Prozent, denn Aimée zeigt sich für seine Reize unzugänglich. Außerdem kann Frederic – wie alle Liebes-Dämonen – Gedanken lesen, die sich um die Themen Liebe und Erotik drehen.

George: Hat als Amoridicius alle Hände voll zu tun (siehe Amoridicius-Dämonen). Er ist Cyrus' Assistenz und eigentlich damit beauftragt, seine silbernen Pfeile auf die von Cyrus ausgewählten Paare zu schießen. Mit der Liebe an sich hat George nur wenig am Hut. Er liebt seine dämonischen Zigarren und alten schottischen Whisky. Wenn Menschen Amoridicius-Dämonen erblicken, glauben sie fälschlicherweise immer, den einen

Amor vor sich zu haben, denn Amoridicius-Dämonen sind von knabenhaftem Körperbau, haben weiße kleine Flügelchen und oftmals blonde Locken. George straft diesen göttlichen Eindruck mit seinen bissigen Kommentaren und seiner sonoren Stimme Lügen. Er hasst Küchenarbeit, liebt aber die Zubereitung von Speisen und kennt sich hervorragend in der Welt der Prominenten aus.

Christopherus (Chris): Gehört zur Familie der Veritas-Dämonen (siehe Veritas-Dämonen). Chris ist schon seit mehreren hundert Jahren auf der Erde. Er gibt an, der direkte Nachfahre von Pythia, dem Orakel von Delphi zu sein. Er fällt zu allen passenden und unpassenden Gelegenheiten in eine Art Trance und verkündet Prophezeiungen, die niemand versteht.

Jeremy (siehe Schwarzer Mann): Wohnt nur sporadisch in der WG, da sich sonst alle Mitbewohner in die Haare kriegen. Er liebt die Musik von Tom Waits und alle Arten von Katzen, insbesondere Keira hat es ihm angetan. Als erfahrener Schwarzer Mann kann er sich sogar in Rauch auflösen oder seine Kräfte für kurze Zeit bündeln, um damit Feinde gezielt anzugreifen. Jeremy erträgt die Einsamkeit nur sehr schwer. Er sehnt sich danach, gebraucht zu werden.

Keira: Gehört zum Clan der Katzen-Gestaltwandler. Sie ist eigensinnig und widerspenstig. Damit treibt sie ihren Vater und vor allem Timor, den Clanchef, an den Rand der Verzweiflung. Sie ist zudem hartnäckig und neugierig. Deshalb glaubt sie nicht an den Selbstmord ihrer Schulfreundin Sally. Keira will in diesem Fall selbst ermitteln. Ihr Herz hat sie, wie viele Katzen, an den Schwarzen Mann gehängt. Doch bei Jeremy spürt Keira eine ganz besondere Sehnsucht.

Deacon: Er gehört ebenfalls zur Familie der Gestaltwandler, macht allerdings ein großes Geheimnis um
seine Fähigkeit. Nur Keira kennt seine wahre Gestalt.
Deacon arbeitet für Scotland Yard und ist mit den Ermittlungen zu dem Fall Sally betraut. Er ist ein verläss-
licher und bodenständiger Typ, der schon seit seiner Ju-
gend in Keira verliebt ist. Dennoch hat er sie damals für
seine Karriere verlassen. Er kann Dämonen und Engel
nicht ausstehen und ganz besonders verhasst sind ihm
Schwarze Männer, denen er die Schuld für alle Verbre-
chen in der Menschenwelt gibt.

Timor: Gehört zum Clan der Katzen-Gestaltwandler. Er
ist zusammen mit Keira aufgewachsen und fast so etwas wie ihr größerer Bruder, obwohl er eigentlich ihr
Cousin ist. Keiras Vater hätte gerne die Verbindung
zwischen Keira und Timor gesehen, deshalb hat er
Timor zum Clanchef bestimmt. Timor ist sehr ernst-
haft und dominant, was Keira zum Widerspruch reizt.

Glen Walker: Gehört zu den Flaschengeistern (siehe
Flaschengeister), ist ständig mies drauf und säuft
George alle Whiskyreserven aus.

Cyrill: Ist Cyrus' Zwillingsbruder. Er wird als Amordämon für London eingesetzt, bis der Rat endgültig über
das Los von Cyrus entschieden hat.

Arik: Ist einer der drei großen Heerführer der Kampfengel. Er hat ein Auge auf Aimée geworfen, da er an ihrer Gabe interessiert ist. Er träumt von einem großen
Sieg über alle Dämonen und arbeitet dabei nicht immer
mit fairen Mitteln.

Artkis Ramschus: Er ist ein Wanderer zwischen den Welten und kann auch in den Zwischendämensionen seinen Laden aufbauen. Er ist ein Schlitzohr. Artkis kennt alle Regeln des Dämonenrates und hält sich immer ein Hintertürchen offen. Er handelt mit allem, was der dämensionserfahrene Reisende braucht. Dennoch muss man höllisch aufpassen, damit Artkis einen nicht übers Ohr haut. Seine Produkte sind wahlweise umsonst oder überteuert und wenn man ihn dringend braucht, ist er anscheinend nie da. Niemand weiß, was Artkis wirklich vorhat. Er greift in den Verlauf von Geschichten ein, wann es ihm beliebt. Ob einfach aus Jux, oder ob er einen Plan hat ... Das bleibt vorerst sein Geheimnis.

DANKSAGUNG

Ich danke der wundervollen Francesca Hintz, die mich immer unterstützt hat, auch als mein Rechner seinen Geist aufgab, und meiner Lektorin Marie Weißdorn.
Mein ganz besonderer Dank geht zudem an Othello, der nach zähen Verhandlungen, einer Extraportion Thunfisch und stundenlangem Kinnkraulen zugestimmt hat, eine wichtige Rolle in diesem Buch zu übernehmen.

Herzlichst,
Evelyn Boyd